NAGEL & KIMCHE

Die französische Originalausgabe
erschien unter dem Titel
»On ne meurt pas d'amour«

4. Auflage 2021

© 2020 der deutschsprachige Ausgabe Nagel & Kimche
in der MG Medien Verlags GmbH, München
© 2019 Éditions PLON
un département de Place des Éditeurs, Paris
Satz: im Verlag, gesetzt aus der Sabon Next LT Pro
Umschlaggestaltung: JournalMedia GmbH, München
Druck und Bindung: GGP Media GmbH, Pößneck

ISBN 978-3-312-01161-2
Printed in Germany

Géraldine Dalban-Moreynas

AN LIEBE STIRBST DU NICHT

Aus dem Französischen
von Sina de Malafosse

NAGEL & KIMCHE

Für Milo.
Denn wenn ich Dir nur eines beibringen müsste, dann,
dass es nichts Schöneres gibt, als zu lieben.

1.

Es ist 18 Uhr. Sie hat nichts.

Sie fragt sich, ob es normal ist, für die Suche nach einem Geschenk für Leute, die man kaum kennt, so viel Zeit aufzuwenden.

Sie sind in den Conrad Shop und zu Bon Marché gegangen. Sie haben alle Läden von Saint-Germain-des-Prés durchstöbert. So wenige Wochen vor Weihnachten ist es überall rappelvoll. Ganz Frankreich denkt an nichts anderes mehr, als an die Päckchen, die es in naher Zukunft unter den Baum legen wird.

Freunde von ihnen sind übers Wochenende zu Besuch nach Paris gekommen. Alles ist gut.

Erst vor wenigen Wochen hat ihr Freund in New York um ihre Hand angehalten, mitten in der Stadt, für die sie schon immer eine besondere Schwäche hatte.

Er hat seine Sache gut gemacht: um sechs Uhr morgens aufstehen, Taxi zum Flughafen, Suite in einem Hotel in Manhattan. Oben auf der Plattform des Empire State Building zog er einen Diamantring aus seiner Tasche. Alles war perfekt. Wie immer. Er macht keine halben Sachen.

Sie hat Ja gesagt.

Die Geschichte macht seither immer ziemlichen Eindruck bei Essenseinladungen.

Sie hat immer noch nichts überzeugendes gefunden.
Ein Aschenbecher sticht ihr ins Auge. Doch ist es nicht völlig idiotisch, Nichtrauchern einen Aschenbecher zu kaufen? Eine Lampe gefällt ihr. Es ist vollkommen absurd, fremden Leuten eine so teure Lampe zu schenken.

»Hör mal, wir bringen einen Blumenstrauß und eine Flasche Champagner mit, und damit hat es sich.«
Er verliert die Geduld. Er, der perfekte Mann, der nie die Stimme erhebt, begreift es nicht. Wie sollte er auch? An dem Tag begreift sie es selbst nicht. Es ging nie ausschließlich um die Einweihungsfeier der Nachbarn aus dem Zweiten in Gebäude B.
Sie geht noch einmal zu Bon Marché. Im Bereich mit den Weihnachtsgeschenken geht es zu wie auf der Ringautobahn zur Berufsverkehrszeit. Sie entscheidet sich für eine Metallbox mit kleinen Papierzetteln darin, die ihr vage im Gedächtnis geblieben war. Für jeden Tag einen Spruchzettel. Etwas für hippe Großstädter aus Batignolles, die ihr Geld für nichtsnutzigen Schrott ausgeben. Etwas, das ihn jeden Morgen an sie erinnert. Schon jetzt.

Es ist November.

2.

Vor einigen Monaten sind sie ein Loft gezogen, das aussieht wie aus einem Einrichtungsmagazin, so eine Wohnung, bei der man denkt, dass die Bewohner garantiert viel Geld besitzen.

Sie sind nicht reich. Sie haben die ehemalige Lagerhalle einem etwas zwielichtigen Syrer abgekauft, der die Sanierung des Gebäudes leitete. Ein gewisses Vorstellungsvermögen war nötig.

»Voilà, das sind die Räumlichkeiten, von denen ich Ihnen erzählt habe, wir sind also im Erdgeschoss, Innenhofseite, zwischen zwei Gebäuden. Ich habe Sie ja gewarnt, es muss alles neu gemacht werden, doch Sie haben hier echtes Potenzial. Die Concierge nutzt die Räume zurzeit als Abstellraum für die Mülltonnen, aber in der neuen Eigentümerregelung ist festgelegt, dass dies Wohnfläche wird. Es gibt zwei verbundene Kellerräume, in die man über diese Treppe gelangt, kommen Sie, ich zeige es Ihnen, passen Sie auf die Spinnweben auf…«

»Und das Loch im Dach, ist das normal?«

»Hier sollte ein Glasdach entstehen. Sie haben erst einmal alles mit Planen abgedeckt, als Regenschutz. 150 000 Euro, das ist ein Schnäppchen für diese Lage, ich habe viele Interessenten, warten Sie nicht zu lange mit Ihrer Entscheidung.«

150 000 Euro, siebzig baufällige Quadratmeter und zwei Kellerräume, wenige Fußminuten vom Rathaus des 17. Arrondissements entfernt. Ein Schnäppchen.

Sie unterzeichnen.

Ein paar Tage später fliegt er nach Beirut. Der Golfkrieg ist ausgebrochen. Sie verbringt nun viel Zeit im Baumarkt. Und sucht Handwerker.

Sie verfolgt, wie sich die Räume verändern. Im Keller entstehen Schlafzimmer, in die durch ein großes Glasdach Licht fällt. Die Wände weichen, die Atelierfenster werden verschweißt. Zwei große Glasfronten mit Blick in den Innenhof werden neu geschaffen. Der Holzboden wird durch riesige Glasplatten ersetzt. Sie lässt die Zwischendecke einreißen, so dass die bis dahin verborgenen Metallbalken zum Vorschein kommen. Sie stellt einen großen Tontopf nach draußen, pflanzt einen Olivenbaum.

Er kommt von Zeit zu Zeit nach Hause. Um gleich wieder zu gehen. Irgendwo auf der Erde geschieht immer irgendetwas. Sie macht weiter. Allein.

Immerhin hat sie Gelegenheit, ihn zu fragen, was er von den Wasserhähnen halte, die sie für das Bad gefunden hat. Ob er einverstanden sei, dass sie für die Dusche Metrofliesen verwende. Er ist einverstanden. Packt seine Tasche. Reist ab.

Irgendwann ist es soweit, sie ziehen um. Innerhalb weniger Monate hat sie aus der Wohnung einen Ort gemacht, an dem es sich leben lässt wie in Italien. Mit einem blühenden Innenhof, in dem man morgens einen Kaffee und abends ein Glas Wein trinken möchte. Nun, zumindest stellt sie es sich so in Italien vor.

Zur gleichen Zeit tauchten auch die Leute aus dem Zweiten auf. Sie erinnert sich nicht mehr genau. Sie sah seine Frau vorbeigehen, er folgte mit dem Kinderwagen. Ihre Tochter konnte noch nicht laufen. Sie blieben nicht stehen.

Sonntage mag sie nicht. Wie so oft schleppt sie sich leicht melancholisch gestimmt durch den Tag. Ihr Freund arbeitet. Im Zweiten sind ein Dutzend Handwerker zugange. Sie hört das Hämmern, die Elektrosäge, vermutet, dass gerade die letzten Regale aufgestellt werden.

Sie sieht die Polizisten kommen. Leute mit guten Absichten gibt es immer und überall. Ein genervter Nachbar hat sie alarmiert. Sie kommen wegen des Lärms und gehen mit zehn Handwerkern ohne Papiere.

Sie will ihn warnen. Bittet die Concierge um seine Nummer. Ihr Telefon ist bereits angeschlossen. Sie werden bald einziehen.

Das Tor öffnet sich. Sie erblickt seine Gestalt im Gegenlicht. Er kommt näher. Sie sieht ihn an. Er lässt sie nicht aus den Augen. Sie hat das Gefühl, als würde alles in ihr einstürzen. Er tritt näher. Sagt immer noch nichts. Sie zwingt sich, etwas zu sagen. Sie sagt, dass sie versucht habe, ihn zu erreichen. In ihren Händen hält sie *Le Monde*. Er sagt immer noch nichts. Holt einen Stift aus der Tasche. Notiert seine Handynummer auf einer Ecke der Zeitung. Ihre Hände zittern. Sie schafft es nicht, die Zeitung stillzuhalten. Er auch nicht.

Da stehen sie beide mitten auf dem Weg, mit den Polizisten, den Handwerkern, den anderen Leuten, sie stehen da und schauen sich an, stehen so nah beieinander, dass sie sein Herz schlagen hören könnte. Sie versinkt in seinen Augen, die Zeit bleibt stehen; Nachbarn tauchen auf, die Uhren drehen sich weiter. Sie rührt sich nicht. Es sind nun ein Dutzend Leute. »Der muss auf die Wache, das ist sicher.«

»Auf jeden Fall ist das Unternehmen verantwortlich.«

»Haben Sie eine Genehmigung für die Arbeiten? Nun, dann muss der Unternehmer das ausbaden.«

»Ja, natürlich, Bauarbeiten am Sonntag sind wahrlich nicht ideal.« Es tut ihm leid. Die Nachbarn sagen, dass es nicht schlimm sei.

»Wegen so etwas werden wir uns doch nicht streiten.«

»Und sonst ist alles fertig?« –

»Ja.«

Ihr Umzug ist für nächstes Wochenende geplant.

Alle reden auf einmal. Und mittendrin steht sie. Hält immer noch die Zeitung in den Händen. In einer Ecke eine handschriftlich notierte Telefonnummer. Sie ist verstört. Verwirrt. Ihr Unterbewusstsein ahnt es bereits. Aber sie begreift es nicht. Noch nicht.

Sie geht wieder hinein.

Am Abend wirft sie das Exemplar von *Le Monde* weg. Zuvor speichert sie seine Nummer in ihrem Telefon. Als könnte sie nicht anders. Es dauert lange, bis sie sich den Grund erklären kann.

Es ist der 11. November.

3.

Sie weiß nicht, was sie anziehen soll. Auf dem Bett stapeln sich die Kleider. Schließlich entscheidet sie sich für eine Jeans, ein weißes Hemd und Stiefel. An ihrem Hals fühlt sie die langen Ohrringe. Sie ist nervös. Sie schaut auf die Uhr. Zum hundertsten Mal. Die Sekunden verstreichen nicht. Sie erschauert. Sie ist sich sicher, dass er auf sie wartet. Weil er auf sie wartet. Sie weiß es.

Aus den offenen Fenstern im zweiten Stock von Gebäude B dringt Musik. Gemeinsam mit ihren Freunden aus dem Süden gehen sie hinauf. Er öffnet die Tür. Sie küsst ihn auf die Wangen. Hält ihm die Box mit den kleinen Zetteln hin. Er legt sie ungeöffnet beiseite.

Er stellt sie seinen Freunden vor, sie bleibt bei den ihren, bei ihrem Kerl. Es ist voll, wie auf jeder Einweihungsparty. Lärm, Alkohol, Trubel, sie beide. Er verbringt den Abend mit ihr. Er zwingt sich, mit den anderen zu reden, mit seiner Frau, mit seinen Freunden, und kehrt dann zurück zu ihr. Unermüdlich.

Ihre Wege, ihre Blicke kreuzen sich. Immer wieder. Viel zu oft.

Sie unterhalten sich.

Es ist spät. Es sind nur noch ein paar enge Freunde übrig. Sie weiß, dass sie gehen müssen, dass sie hier nichts mehr zu suchen haben. Doch sie könnte bleiben, bis die Sonne aufgeht.

»Gehen wir?«

»Ja, auf geht's.«

Nach diesem Abend sind sie ein wenig mehr als Nachbarn. Nach diesem Abend sind sie Komplizen. Sicher sprechen sie es noch nicht aus. Sicher wollen sie es nicht. Er ist gerade erst mit seiner Tochter und seiner Frau eingezogen. Sie plant ihre Hochzeit. Sie spüren ein leichtes Kribbeln und vertreiben es wieder aus ihrer Erinnerung.

Später werden sie sagen, dass sie es bereits wussten. Aber noch ist da nicht mehr als eine Ahnung.

Sie geht hinunter und legt sich neben ihren Freund ins Bett.

Es ist immer noch November.

4.

Die Nachbarn aus dem Zweiten ziehen ein. Sie begegnen sich, unterhalten sich, laden sich gegenseitig ein. Sie mag seine Frau nicht. Sie mag nur ihn. Er ist nicht vollkommen glücklich. Er liebt seine Tochter. Sie ist eineinhalb. Hat die Gesichtszüge ihrer Mutter. Seine Frau hat er in Montréal kennengelernt. Sie ist Amerikanerin und wollte nach ihrem Studium eigentlich zurück in die USA. Stattdessen kam sie mit nach Frankreich. Für ihn.

Sie unterhalten sich oft auf der Straße. Wenn sie eine Party geben, kommt er jedes Mal runter. Jedes Mal allein.

An einem Abend stößt er erst spät dazu. Es ist drei Uhr früh, vielleicht noch später. Es sind immer noch Leute da.
Sie ist allein. Ihr Freund ist irgendwo am anderen Ende der Welt. Die Hochzeitsvorbereitungen sind ins Stocken geraten. Sie würde gern in Marrakesch heiraten, er im Innenhof des Hauses.

»Eine Hochzeit in Marrakesch, das ist so versnobt. Ich hasse Snobismus.«
»Wenn du Snobismus nicht magst, was hält dich dann bei mir?«

»Du bist der einzige Snob, den ich mag. Außerdem ist das viel zu teuer. Du wirst von den Leuten ja wohl nicht verlangen, so viel Geld auszugeben, nur um an einer Hochzeit teilzunehmen.«

»Ich habe mit einer Agentur vier Tage, drei Nächte für weniger als 350 Euro ausgehandelt.«

»Tante Evelyne verträgt das Fliegen nicht, sie hat Angst, soll sie etwa dorthin schwimmen?«

»Tante Evelyne ist mir wirklich egal, sie ist nicht eingeladen.«

»Was soll das heißen, sie ist nicht eingeladen?«

»Wir werden ja wohl nichts mit Mitgliedern deiner Familie veranstalten, die ich nicht kenne, und die du seit zwanzig Jahren nicht mehr gesehen hast. Kannst du mir etwa erklären, warum wir diesen Tag mit Leuten verbringen sollten, die dir vollkommen egal sind?«

»Es wäre meiner Mutter zuliebe.«

»Deine Mutter kann ja noch einmal heiraten, wenn sie Tante Evelyne eine Freude machen will.«

»Okay, du rufst sie an und sagst ihr, dass die Verwandtschaft nicht eingeladen ist. Sie hat bereits alle informiert, damit sie sich das Datum freihalten. Sie wird entzückt sein.«

»Wieso sagt sie allen Bescheid, bevor wir entschieden haben, wen wir einladen?«

»Ich darf dich daran erinnern, dass wir eigentlich am 26. Juni heiraten wollen. Es ist vielleicht an der Zeit, den Leuten Bescheid zu geben, oder?«

Er selbst will im Grunde gar nicht feiern.

Er will ein Kind mit ihr. Das Kinderzimmer ist fertig, es war in den Umbauplänen bereits vorgesehen.

Die Vorstellung zu heiraten gefällt ihr. Sie sieht sich in einem weißen Hosenanzug von Yves Saint Laurent, Rosen auf dem Arm. Nach mehreren Anproben mit ihrer Mutter und ihren Freundinnen hat sie schließlich ein weißes Bustierkleid mit Prinzessinnenrock gefunden. Sie muss gestehen, dass es ihr sehr gut steht.

»Du siehst so schön aus, mein Schatz.«

»Mama, natürlich ist ein Kleid hübsch, aber ein Hosenanzug von Saint Laurent mit Pumps von Louboutin hat eine ganze andere Wirkung.«

»Du wirst ja wohl nicht in Hosen heiraten!«

Wenn schon heiraten, dann richtig. Sie lässt das Kleid zurücklegen und verspricht, bald zurückzukommen, um es zu bezahlen.

Sie weiß noch nicht, dass sie es nie abholen wird.

Der 26. Juni. Sie müssen nur noch das Aufgebot beim Standesamt bestellen. Der Antrag wartet unter einem Stapel Zeitschriften auf dem Wohnzimmertisch.

Eines Abends sagt sie zu ihm im Streit, dass sie sich nicht darum kümmern werde. Sie hat genug davon, sich um alles zu kümmern, während er um die Welt reist. Sie beginnt gerade erst zu ahnen, dass sie alles über den Haufen werfen wird.

Doch an jenem Abend ist das alles weit weg, auch ihr Freund … Alles erscheint ihr in weiter Ferne, sie ist betrunken.

Sie und ihre Freundinnen haben sich vor zehn Jahren am Institut d'études politiques in Paris kennengelernt. Nächtelang tanzten und knutschten sie sich durch Paris.

Sie erinnern sich, wie sie sich am Morgen danach mit Mühe aus dem Bett schälten, den Geruch von Alkohol verströmend, nachdem sie von der Bar Chez Castel mit der ersten Metro nach Hause gefahren waren, an Lieben, die fürs Leben sein sollten und doch nur eine Nacht währten ... Tausend Erinnerungen, die sie unermüdlich hervorholen, sobald sich ein weinseliges Abendessen dem Ende zuneigt.

Sie weiß nicht, was sie ohne sie täte. Sie sind ihre Welt, ihr Alltag. Sie sind Freundinnen.

Aber an jenem Abend denkt sie auch daran nicht. Sie denkt an überhaupt nichts. Sie gluckst. Da ist er. Er schaut sie an. Er lässt sich von dem langsamen Schwingen der Schaukel tragen, die von der Wohnzimmerdecke hängt. Er spricht mit ihr und sie gluckst. Es ist vier Uhr morgens, sie sind betrunken. Sie unterhalten sich, sie haben die anderen, die um sie herum diskutieren, tanzen, trinken, die zu ihnen rüber sehen und denken, dass etwas vor sich geht, vergessen. Es ist ihnen egal. Sie kommen sich näher, in seinen Augen ist Lust zu erkennen, in ihren auch. Eine sich steigernde Lust, so heftig, dass sie anfängt zu schmerzen.

Und er geht.

Nun wissen sie es. Dieses Mal haben sie das Kribbeln bewusst wahrgenommen. Sie werden es nicht mehr leugnen können. Er hat die Gefahr gespürt, dass sein Leben hier und jetzt, auf einer Schaukel inmitten von Batignolles, in nur einem Augenblick auf den Kopf gestellt werden könnte... Er hat gespürt, wie die Sehnsucht in seinem Kopf explodierte, sich Raum verschaffte. Diese greifbare Spannung, die ihre Körper ausstrahlten und die alles verschlang.

Er hat gespürt, wie erregt er auf dieser Schaukel wurde... Nur von ihrem Duft, nur vom Anblick ihrer Haut. Er hat gespürt, dass er seine Seele verkaufen würde, nur, um sie in Besitz zu nehmen. Er hat gespürt, dass sie nur darauf wartete. Dass er sie in Besitz nahm. Hier und jetzt.

Später wird er ihr erzählen, dass er an jenem Abend alles dafür gegeben hätte, um in sie einzudringen. Dass er sie, einmal zu Hause, lange durch das Fenster beobachtet hat. Seine Frau schlief in ihrem Zimmer. Er legte sich auf das Sofa, schloss die Augen. Während er sich berührte, stellte er sich vor, auf ihr zu liegen. Er wird ihr erzählen, dass er gekommen ist.

Sie wird entgegnen, dass sie an jenem Abend alles dafür gegeben hätte, dass er in sie eindringt. Sie legte sich hin. Schloss die Augen. Während sie sich streichelte, stellte sie sich ihn in ihrem Innern vor. Sie wird ihm erzählen, dass sie gekommen ist.

An jenem Abend haben sie zum ersten Mal miteinander geschlafen. Ohne es zu wissen. Jeder für sich.

An jenem Abend haben sie vor allem gespürt, dass nichts mehr so sein würde wie zuvor. Dass sie von nun an auf einem Drahtseil balancierten. Dass ein Fehltritt von einem von ihnen genügen würde, damit beide in den Abgrund stürzen. Dass es nur noch eine Frage der Zeit war.

Es ist der 13. Dezember.

5.

Der Dezember neigt sich dem Ende zu. Sie sagt die Hochzeit ab. Obwohl, eigentlich sagt sie sich von allein ab. Sie verliert ihre Großmutter, ihr Freund reist wieder nach Syrien. Sie ist allein und beruhigt sich mit dem Gedanken, dass sich in ihre Beziehung zumindest keine Routine einschleichen kann, dass sie eine schrecklich unabhängige Frau ist.

Doch sie träumt von nichts anderem als von Sonntagen zu zweit.

Die Feiertage kommen. Sie begegnen sich. Seltener als zuvor. Es ist kalt. Der Innenhof ist wie ausgestorben.

Anfang Januar geht das Leben langsam wieder los. Sie sind zu einem Abendessen im Zweiten eingeladen. Ein ihr unbekanntes Paar ist zu Gast. Es ist ihr egal. Sie hat ohnehin nur Augen für ihn. Der Rest interessiert sie nicht.

Sie sitzt neben ihm. Die logische Sitzordnung. Da sind sie und die anderen. Sie verschlingen sich heimlich mit den Augen. Streifen sich scheinbar achtlos. Sex ist das Gesprächsthema.

Zwei hippe Paare mit kleinen Kindern, sie und ihr Freund, ebenfalls hipp, aber ohne das Kriterium der Elternschaft zu erfüllen... Nun, zumindest bis jetzt. Es ist nur noch eine Frage der Zeit.

Sie hatte beschlossen, die Pille abzusetzen. Kind statt Heirat. Plötzlich war der Wunsch da. Eines Morgens. Sie erwachte mit schrecklichen Kopfschmerzen, wusste nicht, wer am Vorabend eine Flasche Fusel mitgebracht hatte. Wenn es nicht an der Mischung lag. Sicher war, sie hatte zu viel getrunken. Zu viel gebechert, zu viel geraucht, so konnte es nicht weitergehen. Sie wachte auf und dachte, dass es vielleicht doch der richtige Zeitpunkt war.

Unwissentlich war es der am schlechtesten gewählte Zeitpunkt, um ein Kind zu zeugen. Der Moment, als sich alles in ihr drehte. Ein letzter, verzweifelter Versuch, ein künstliches Gleichgewicht zu halten, das in Wahrheit bereits aus dem Lot war. Sie wäre bald dreißig. Ein schönes Alter, um Mutter zu werden.

Obwohl sie nie besondere Lust auf Kinder hatte. Sie versucht, es zu machen wie alle anderen. Sie reagiert begeistert, wenn jemand ihr ein Baby wie eine Trophäe vor die Nase hält. Wie junge Mütter es oft tun. Sie sieht zu, wie ihre Freundinnen vor Liebe dahinschmelzen. Sie spielt das Spiel mit, doch im Grunde ist es ihr gleichgültig. Sie gibt sich Mühe, zwingt sich, denkt, dass der Appetit beim Essen kommt. Sie hat keine Lust, schwanger zu sein, keine Lust, monatelang jemand anderen im Bauch zu tragen, keine Lust, zu gebären, keine Lust, ihre Freiheit zu verlieren.

Doch sie versucht, sich selbst zu überzeugen, indem sie sich sagt, dass es Lebensmodelle gibt, die es zu respektieren gilt. Sie sind nun vier Jahre zusammen. Eine gemeinsame

Wohnung, ein gemeinsames Konto, zwar weder Wochenendhaus noch Hund, aber ein Kind würde sich auf dem Foto eines Pariser Vorzeigepaares schon gut machen.

Sie hat die Pille abgesetzt.
Ihr Freund ist glücklich.

Sie sitzen am Tisch, und sie ist vielleicht schon schwanger, ohne es zu wissen. Sie hört zu, wie die anderen vom Leben danach berichten. Es geht sehr zivilisiert, sehr höflich zu, es bleibt bei Andeutungen. Doch je weiter der Abend voranschreitet, desto spitzer werden die Bemerkungen. Sie spürt, wie die Alltagskonflikte an die Oberfläche treten, der Groll, den einer gegen den anderen, einer wegen des anderen hegt. Die Anspannung steigt mit dem Alkoholpegel.

»Natürlich ist es nicht leicht, morgens miteinander zu schlafen. Die Kinder stehen früh auf. Sie kommen zu uns ins Zimmer gerannt, aber was willst du machen? Ihnen sagen: ›Schätzchen, seid so lieb und spielt im Wohnzimmer, Papa will Mama vögeln‹?«

»Morgens sind die Kinder wach und abends bist du kaputt.«

»Das ist wirklich allerliebst, versuch doch mal, mein Leben zu führen, und wir werden sehen, ob du um 23 Uhr, wenn du ins Bett gehst, noch Lust auf Matratzensport hast.«

»Ich weiß ja, Schatz. Nun ja, aber unsere Kinder sind wundervoll.«

Sie hört zu. Beobachtet die Paare, die ein anderes Leben führen als sie. Sie versteht, auch wenn es nur Andeutungen sind, dass sie morgens nicht mehr miteinander schlafen. Ahnt, dass sie überhaupt nicht mehr miteinander schlafen. Dass sie vor Langeweile umkommen. Dass sie es nicht mal mehr merken oder es nicht merken wollen. Er sagt nichts. Er schaut sie an.

Sie denkt, dass sie ohne Sex nicht leben könnte.
Dass sie ihren Kindern beibringen würde auszuschlafen. Dass sie ihnen alle Disneyfilme auf DVD schenken würde. Dass sie ihnen Schlafmittel ins Fläschchen mischen würde.
Kein Sex mehr. Das ist wie aufzuhören zu atmen, zu trinken, zu essen. Das ist wie aufzuhören zu leben.

Er schaut sie an. Sie spürt seinen Blick, er lässt sie nicht los. Er berührt ihr Bein unter dem Tisch, schaut auf ihre Hände direkt neben seinen. Spürt wieder diese Sehnsucht in sich aufsteigen.
Sogar an diesem Tisch, mit seiner Frau gegenüber, sie mit ihrem Freund, der ihr zärtlich den Arm streichelt. Sie spüren nur diese chemische Anziehung, die sich nicht kontrollieren lässt. Noch behalten sie die Kontrolle.
Es ist spät, sie gehen runter ins Bett. Auf der Türschwelle verabschiedet sie sich mit Wangenküsschen. Als ihre Lippen seine Wange berühren, könnte sie ohne Probleme kommen.

Es ist Januar.

6.

Sie erinnert sich nicht an alle gemeinsamen Momente. Bestimmt hat sie manche vergessen. Nur die eindrücklichsten sind ihr im Gedächtnis geblieben. Vergessen sind die Abende, an denen er zu oft den Müll runterbrachte, an denen er wegen allen möglichen Kleinigkeiten bei ihr vorbeikam, an denen er wegen einer Zigarette klingelte, obwohl er nicht raucht. Vergessen die ersten, harmlosen SMS, in denen er sie um die Nummer eines Fliesenlegers, die Adresse eines Gemüsehändlers, des besten Blumenladens des Viertels, eine Geschenkidee bat. Die SMS, über die er sich ausschweigt, als wären sie bereits ihr geheimer Garten, die Spur einer nicht eingestandenen, nicht einzustehenden Intimität.

Sie tun alles für einen Blick, einen Blickwechsel. Jeder Vorwand ist recht für eine Party, jede Party ein Vorwand, um sie, um ihn einzuladen.

Es ist der 2. Februar, Lichtmess. Sie ist immer noch allein. Sie erinnert sich nicht mehr, wo ihr Freund ist. Sie weiß nur, dass sie allein ist, und dass sie dem Nachbarn aus dem Zweiten eine SMS geschickt hat, um ihm anzubieten, zum Essen runterzukommen. Die Partymeute findet sich im Loft ein. Die Frauen backen Crêpes. Er bringt Cidre mit. Nein. Sie bringen Cidre mit. An dem Abend kommt er zusammen mit seiner Frau.

Sie erinnert sich, dass es ein netter Abend war.

Worüber reden sie während dieser Abendessen, die bis zum Ende der Nacht andauern? Sicher über das Leben. Eine der Frauen kam direkt von ihrem Theaterkurs. Sie hatte den Nachmittag damit verbracht, Orgasmen zu simulieren. Egal welcher Partner, Mann, Frau, schön oder hässlich. Sie erinnert sich, dass sie es ihr nachtaten, vor den Augen der verblüfften Kerle. Sie lachten, als sie begriffen, dass die Männer dachten, dass Frauen nie simulieren. Zumindest nicht bei ihnen.

»Nein, wirklich, mir ist das noch nie passiert, ich kann euch versichern, dass ich es bemerkt hätte. Man kann fühlen, wenn eine Frau einem etwas vorspielt, wenn man auf sein Gegenüber achtet, unmöglich, es nicht zu merken.«

(Lächeln.)

»Und was hättest du bemerkt?«

»Dass eine Frau simuliert, ich bin mir sicher, dass ich es merken würde.«

»Vertrau mir. Es gibt nicht einen Mann, der in der Lage wäre zu merken, ob eine Frau es vortäuscht oder nicht. Nicht einen, hörst du, nicht einen einzigen, weder du noch ein anderer. Und ich kenne keine Frau, keine einzige, hörst du, die nicht irgendwann simuliert, damit es vorbei ist, weil sie schlafen oder zum Sport will, oder einfach, weil sie weiß, dass sie nicht kommen wird. Weil sie an dem Tag etwas anderes im Kopf hat, ein Problem in der Arbeit, etwas, was sie vergessen hat für Silvester zu besorgen, die Bahntickets für den Skiurlaub, die sie noch nicht gekauft hat, kurz, weil sie zwar gerade mit jemandem schläft, aber mit den Gedanken ganz woanders ist.«

»Niemand denkt daran, ein Bahnticket zu kaufen, während er Sex hat.«

»Nein, ein Mann denkt nicht an Bahntickets, während er Sex hat. Bei einer Frau bin ich mir da nicht so sicher.«

Sie diskutieren über Politik, die Arbeit, die Liebe, die Zukunft, über alles, über nichts.

Sie erinnert sich, Tränen gelacht zu haben, während sie sich über einen Schokoladen-Bananen-Sahne-Crêpe hermachte. Sie erinnert sich, dass er nicht aufhören konnte, sie anzusehen. Da war immer noch diese Lust, aber auch etwas anderes. Etwas Zärtliches, Sanftes, eine Faszination für ihre Lebensfreude. Es war mehr als nur Lust.

Eine ihre Freundinnen sagte am nächsten Tag zu ihr, dass der Nachbar aus dem Zweiten sie komisch angesehen habe. Sie antwortete ausweichend, dass ihr das nicht aufgefallen sei.

Er ist verrückt nach ihr.

Sie weiß es. Sie hat es gesehen. Mehr als je zuvor. Sie hat gesehen, wie seine Augen funkelten, sie fixierten wie eine Sternschnuppe, die droht, zu verschwinden, sobald man blinzelt. Als wolle er sich jedes kleine Lächeln, ihre Augen, ihr Gesicht einprägen...

Sie hat es gesehen. Und sie ist nicht die Einzige. Auch seine Frau hat es gesehen.

Sie, die sonst nicht dabei ist, hat alles beobachtet. Und sie sah es. Sie wollte früh gehen. Sie forderte ihren Mann auf, mit ihr zu gehen. An diesem Abend blieb er nicht länger.

Auf der Treppe sagt sie ihm ins Gesicht, dass er wie von Sinnen in die Frau von unten verliebt sei. Dass er sie ansehe, wie sie ihn noch nie eine Frau habe ansehen sehen. Er streitet es ab. Er versucht, die Unterhaltung mit einem sanften, ein wenig ironischen Lächeln zu beenden und fragt, ob sie eifersüchtig sei. Er nimmt seine Frau in den Arm und sagt ihr das, was sie hören möchte, beruhigt sie.

An dem Abend hat sie es zum ersten Mal gesehen. Sie hat es gewusst. Sie will es am liebsten vergessen.

7.

Sie vergessen es nicht. Es gibt Höhen und Tiefen. Zeiten, in denen sie sich nicht sehen, in denen sie nicht daran denken. Zeiten, in denen sie nur daran denken.

Sie laufen sich immer mal wieder über den Weg. An einem Sonntag kommt er runter und schlägt ihnen vor, in einem kleinen italienischen Restaurant in der Nähe gemeinsam zu Mittag zu essen. Sie diskutieren über die Zukunft, ihre Vorstellungen vom Leben, ihre Träume. Sie überlegen, nach New York zu ziehen. Seine Frau will nach Hause, dort eine eigene Firma gründen. Er will sich um ihre Tochter kümmern.

Eine Welle der Angst erfasst sie. Ihr Herz schlägt schneller, sie bekommt kaum Luft, sie versucht, sich zu beruhigen, sich nichts anmerken zu lassen. In ihrem Innern aber tobt ein Sturm, sie bringt sich mechanisch in die Unterhaltung ein, doch alles wirkt wie in Nebel gehüllt, sie lächelt, redet, hat einen Kloß im Hals, der immer größer wird, der sie bald am Sprechen hindern wird, am Atmen, das ist doch lächerlich, denkt sie, beim Versuch sich zusammenzureißen, aber sie kann nicht anders.

Sie würden aufhören müssen, sich zu sehen.

Aufhören.

Müssen.

Sie verzichtet weiterhin auf die Pille.

Sie und ihr Freund versuchen, ein Kind zu bekommen.

Er wird mit seiner Frau und seiner Tochter in die USA ziehen.

Die Vorstellung, ihn nicht mehr zu sehen, löst Panik in ihr aus. Als wäre der Gedanke, dass er sich von ihr entfernt, bereits unvorstellbar.

Am nächsten Morgen geht er. Nicht nach New York. Drei Wochen Businesstrip innerhalb Frankreichs. Drei Wochen lang wird er weit weg sein. Drei Wochen, in denen sie sich zwingen will, ihn zu vergessen, bevor es zum Fehltritt kommt, zum Sturz. Drei Wochen, die ihr Leben zum Einsturz bringen.

Sie werden sich schreiben. Sie telefonieren nicht. Noch nicht. Über SMS fallen die letzten Barrieren, die sie von einer intimen Beziehung trennen.

Zu Anfang ist es eine am Tag, dann sind es zwei, dann zehn. Rasch werden die Worte zur Droge. Sie schalten ihre Handys nichts mehr ab, weder tags noch nachts. Sie stellen sie auf Vibrationsalarm, wenn sie in einem Meeting sitzen, aus Angst, das Eintreffen einer lebensnotwendigen Dosis zu verpassen. Sie leben im Rhythmus der Nachrichten, die immer weniger beiläufig werden. Immer persönlicher. Sie überschreiten Grenzen, mehr und mehr, sie vertrauen sich einander an, schicken sich schriftliche Küsse.

Sie wird den ersten Schritt machen. Noch ein Jahr später wird sie sich an ihren Austausch erinnern, an ihre Ungeduld, an das stundenlange Warten, wenn er nicht gleich antworten konnte...

»Grüß die Murmeltiere von mir.«
»Ein Kuss aus Montceau-les-Mines«
»Kuss zurück aus der schönsten Stadt der Welt.«
»Ich sitze am Genfer See und trinke ein Bier. Liebe Grüße!«
»Warum antwortest du mir nicht?«
»Ich bin nicht am Biertrinken, ich arbeite. Stoß auf mich an.«
»Ich bin bei einem Termin mit einer Postbeamtin, die einen Dackel hat, und ich langweile mich und warte auf deine SMS.«
»Ist sie hübsch?«
»Nicht so sehr wie eine charmante Journalistin, die ich kenne.«
»Schreibst du mir nach deinem Abendessen?«
»Was machst du?«
»Fernsehen.«
»Was schaust du?«
»Eine doofe Sendung mit Jean-Luc Delarue. Wie lief dein Abendessen?«
»Schlaf schön.«
»Wann kommst du nach Hause?«
»Ich komme morgen zurück. Ich denke an dich.«
»Ich denke nur noch an dich.«
»Mein Herz schwankt zwischen leichter Panik und süßer Vorfreude.«
»Du darfst wählen zwischen dem Soundtrack von ›Lost in Translation‹, einem Mittagessen und einem Kuss.«
»Ein Kuss wäre mir am liebsten.«
»Dann schicke ich dir einen Kuss.«
»Ein echter Kuss wäre mir lieber.«

Manchmal, in einem Anflug von Angst, schaltet sie ihr Handy aus, erdrückt von dem Gedanken an die Zukunft, an den nahenden Absturz, von dem sie beide wissen, dass er unvermeidlich ist. Sie träumen nur noch davon. Nichts kann sie mehr aufhalten, auch wenn sie ahnen, dass es keinen Ausweg gibt, dass Schmerz und Tränen unvermeidlich sind ... Die Sehnsucht, die Lust, die Anziehung sind stärker als jede Vernunft, als jede Überlegung.

Sie tanzen auf dem Drahtseil. Sie stolpern beim Spiel mit Worten. Es ist nur noch eine Frage von Tagen, eine Frage von Stunden, bis sie endgültig abstürzen.

Am letzten Abend schickt er ihr noch eine späte SMS.
»Mein Zug ist mitten auf dem Land stehengeblieben. Und ich denke an dich.«
Sie kann nicht antworten. Ausnahmsweise ist sie nicht allein. Sie ist zuhause, mit ihrem Freund und Freunden, die zum Essen gekommen sind.

Ein paar Stunden später sieht sie ihn mit seinem Koffer den Hof durchqueren. Er ist zuhause, die virtuelle Phase ist vorbei.

Es ist der 19. Februar.

8.

Ein Rohrbruch. Das Wasser dringt bis in die hintersten Winkel der Wohnung. Die Nachbarin am Ende des Hofs sieht geschockt zu, wie ihr Wohnzimmer sich in ein Schwimmbecken verwandelt. Sie sagt nichts, rührt sich nicht, weiß nicht, was sie tun muss, um diesem Alptraum ein Ende zu setzen.

Sie kommt mit einer Tasse Tee und einer Kleinigkeit zu knabbern aus dem Loft. Sie ist noch nicht durch die Tür, da spürt sie ihn schon. Sie spürt seine Gegenwart. Seit der letzten SMS hat sie ihn nicht mehr gesehen. Das ist zwei Tage her. Am Tag zuvor hat sie ihn durch den Hof gehen sehen, mit seiner Frau und seiner Tochter. Sie hat gesehen, wie er am Fenster stand und sie beobachtete. Doch sie haben noch nicht miteinander gesprochen. Sie hat Angst, dass der Zauber verloren geht.

Er steht in einer Ecke des Wohnzimmers mit den Füßen im Wasser und sucht die Nummer eines Klempners. Er steht mit dem Rücken zu ihr, spürt aber, dass sie da ist. In dem Augenblick wissen sie, dass der Zauber nicht verfliegen wird. Dass das Kribbeln anhält, stärker ist als je zuvor.

Sie sind immer noch bei der Nachbarin. Es gilt immer noch, einen Klempner zu finden. Sie schaffen es nicht, nachzudenken, zu überlegen. Sie empfinden nur diesen animalischen Drang, sich zu berühren.

Sie spricht als erste, erklärt, dass sie zu ihr gehen würden, dass sie die Gelben Seiten habe, dass sie die Nummer eines Klempners finden und zurückkommen würden, dass sie die Nachbarin kurz allein lassen, aber gleich zurückkommen würden. Schweigend gehen sie zum Loft. Sie bietet ihm einen Kaffee an, sie verschlingen sich mit den Augen, tun so, als ob alles normal wäre, obwohl nichts normal ist. Ihre Worte passen nicht zu ihren Gedanken.

Sie streifen einander, er drängt sie gegen die Wand, berührt leicht ihre Lippen mit seinen, zwingt sich, sie loszulassen, auf Abstand zu gehen, obwohl er nichts lieber will, als ihren Mund zu erobern, ihn zu kosten, ihn einzusaugen, ihren Speichel zu schmecken. Schon will er, dass sie sich lieben, an die Tür des Flurschranks gelehnt. Seine Frau wartet zwei Stockwerke über ihnen mit dem Mittagessen, ihr Freund ist am anderen Ende der Welt. Er will sie nehmen. Jetzt.

Sie lösen sich voneinander, kehren ins Wohnzimmer zurück, vor die großen Fensterfronten zum Innenhof, sie erblicken seine Frau, die durch das Fenster Ausschau nach ihm hält.

Er ruft ihr zu, dass er nicht mehr lange brauche, dass sie die Nummer eines Klempners suchen, für die überschwemmte Nachbarin, dass er danach raufkomme.

Er setzt sich ihr gegenüber, mit dem Rücken an die Wand. Sie sitzt im Schneidersitz auf dem Sofa. Sie versinken in den Augen des anderen. Ihr Duft ist noch an seinen

Händen, der flüchtige Geschmack ihres Mundes noch auf seinen Lippen. Sie sind durch diese unkontrollierbare Anziehung wie vom Donner gerührt, sehnen sich nur noch danach, weiterzumachen, mit fast unhörbarer Stimme sagt sie: »Was soll nur aus uns werden?«

Sie sind abgestürzt.

Es ist der 22. Februar.

9.

Am Tag zuvor war er in entrücktem Zustand hinauf in seine Wohnung gegangen. Mit einem einzigen Gedanken: sich nichts anmerken lassen, so zu tun, als wäre alles beim Alten. Er verbrachte den Sonntag mit seiner Familie, war in Gedanken aber bei ihr, ohne dass man es ihm ansah.

Am Abend bot sie ihm an, auf ein Glas Wein runterzukommen. Er sagte zu. Die Sehnsucht war unerträglich. Eine Sehnsucht, die man ohne Weiteres erkennen konnte, eine Sehnsucht, die es irgendwie zu verbergen galt. In der Menge.

Sie hatte Gott und die Welt eingeladen. Sie dachte, dass er sie unter all den Leuten ansehen könnte. Dass, je zahlreicher sie wären, sie ihn umso leichter betrachten könnte.

Er kam nicht.

Die ganze Nacht lang hat sie an nichts anderes denken können.

Sie sitzt an ihrem Computer in der Redaktion. Sie muss wirklich anfangen zu arbeiten. Und denkt nur an ihn.

Sie hat den Abend über in einer Ecke ihres Sofas gesessen und aus dem Fenster geschaut. Die anderen unterhielten sich, tranken, lachten. Sie auch. Sie versuchte es. Doch sie konnte nur an eines denken. Aus dem Fenster zu schauen. Sie wusste noch nicht, dass sie Stunden, Tage, ganze Nächte, Wochen damit verbringen wird, dieses Fenster anzustarren. Sie hielt Ausschau nach ihm. Er schaute sie an. Er klebte am Fenster, mit starrem Blick, und schaute sie an. Er beobachtete jede ihrer Bewegungen, jede ihrer Gesten. Er schaute sie an. Er sah sie lachen, essen, trinken. Er merkte, dass auch sie ihn ansah. So schauten sie sich an, schauten sich über die Stockwerke hinweg heimlich an. Vor ein paar Tagen noch lagen hunderte Kilometer zwischen ihnen; gestern Abend waren es nur ein paar Meter. Das war schlimmer.

Sie sitzt immer noch vor dem Bildschirm ihres Computers. Sie zögert. Sie will ihn anrufen. Ihm eine SMS schicken. Das Leben ist verrückt, denkt sie. Jahrelang arbeitet man daran, all das aufzubauen, was die eigenen Eltern zufriedenstellt, die Freunde, die Gesellschaft. Man kauft eine chice Wohnung, plant eine Hochzeit, ein Baby… Und dann wird alles mit einem Mal über den Haufen geworfen.

Sie zuckt zusammen.

SMS:
»*Hast du eine E-Mail-Adresse?*«

Schickt die E-Mail-Adresse.
Empfängt:
Betreff: Echter Kuss

»*Was gestern Abend angeht: Wenn ich nicht zuhause geblieben wäre, hätte ich dich vor allen Leuten geküsst.*

Was nachher angeht: 13 Uhr im Fumoir, Rue de l'Amiral-Coligny (hinter dem Louvre).

Was das Übrige angeht, habe ich immer noch Panik.«

Antwortet:
»*Was 13 Uhr angeht, schwankt mein Herz zwischen süßer Vorfreude und einem Hauch Panik ...*
Was gestern Abend angeht, war es die richtige Entscheidung, nicht runterzukommen. Ich weiß nicht, wie wir das der Hausgemeinschaft erklärt hätten ...
Was die letzte Nacht angeht, hoffe ich, du hast geschlafen ... Dann hätte das zumindest einer von uns.
Ich habe das Gefühl, nach zwei Tagen in der Hölle endlich wieder Luft zu bekommen ...
Ansonsten wird es schlimmer und schlimmer. Ich versuche, länger als eine Minute nicht an dich zu denken, aber ich weiß nicht, ob mir das gelingt. Ich fange vielleicht mit 30 Sekunden an.«

Empfängt:
»*Ich schaffe es, zu schlafen. Doch ich habe Probleme, mein Essen runterzubekommen.*
Wenn ich dich nicht sehen kann, sterbe ich.«

Von diesem Mittagessen ist ihr in Erinnerung geblieben, dass er viel zu spät kam, dass er sie einlud, dass er eine neue Bankkarte hatte, sich nicht an die PIN erinnern konnte, dass er ihr die DVD von »Die Frau nebenan« schenkte, dass sie darüber nachdachten, miteinander zu schlafen, darüber, dass es vielleicht enttäuschend sein würde, dass es den Druck rausnehmen würde; sie erinnert sich, dass er ein Risotto aß, schließlich bezahlte, dass sie ihren Salat nicht anrührte, sie erinnert sich an seine Augen, dass sie ihren weißen Mantel trug, dass er sich nach ihr sehnte, dass sie sich nach ihm sehnte.

Sie erinnert sich, dass sie redeten und lachten, dass sie sich irrsinnig gut verstanden, miteinander sprachen, als würden sie sich schon ewig kennen, als hätten sie sich schon hundert Mal allein getroffen, obwohl es das erste Mal war. Sie erinnert sich, dass es ihnen gut ging. Schrecklich gut.

Sie erinnert sich, dass sie sich vom ersten Kribbeln erzählten. Er wollte wissen, wann sie zum ersten Mal Lust auf ihn verspürt hat, sie wollte wissen, wann er von ihr geträumt hat. Ob sie sich an ihre Einweihungsparty erinnere, ob er sich an den Lichtmess-Tag erinnere. Sie wurden von einer Welle der Gefühle erfasst, die ihre Körper einfach mit sich riss. Sie bekamen es mit der Angst zu tun, fragten sich, was sie nun tun sollten, sagten sich immer wieder, dass sie verrückt waren, dass es die Hölle war, dass sie dennoch der ganzen Welt wünschten, sie möge das Gleiche erleben. Sie versicherten sich gegenseitig vor allem, dass man am Ende nur auf Erden ist, um so etwas zu erleben.

Sie erinnert sich, dass sie sich nicht zum Aufbruch entschließen konnten, dass sie meinten, dass sie ja versuchen könnten, Freunde zu sein, aber nicht daran glaubten, dass sie sich nacheinander verzehrten, dass er ihre Hand nahm, sie eine Zigarette nach der anderen rauchte, dass auch er rauchte.

Sie erinnert sich, dass sie aufbrachen, weil man als Journalistin nach 16 Uhr an den Punkt kommt, an dem man besser wieder in der Redaktion auftaucht, dass er sie vor der Kirche in die Arme nahm, sie sich geküsst haben. Nicht nur geküsst. Sie küssten sich, als müssten sie unmittelbar danach sterben, als wäre es ihr letzter Kuss, mit dem sie unmöglich aufhören konnten, es war wie nach Monaten unter Wasser endlich Luft zu holen. Sie kosteten, verschlangen sich, verleibten sich einander ein.

Gierig, unersättlich.

Sie erinnert sich an seinen Mund, der sich auf ihren legte, an seine Zunge, die ihn eroberte, an ihren Bauch, der vor Lust schrie. Sie erinnert sich an alles.

Er hätte mit ihr schlafen können, auf der Stelle, in den Büschen vor dem Rathaus des 1. Arrondissements, in ihrem Smart, der auf der Parkebene wartete, im Schutz einer beliebigen Einfahrt des Viertels, es war ihnen egal.

Sie taten es nicht.
Sie setzte ihn an der Metrostation Porte Maillot ab.

Es ist der 23. Februar.

10.

Von: o.r.@h&b-avocats.com
An: elle@yahoo.fr

24.2.2004 17:48
Betreff: Gefühlswegweiser

»*Gefunden im Netz, Definition von Panik.*

Stark körperlich konnotierte Erfahrung:
Schwächeanfälle, die entstehen, weil man eine emotionale Erfahrung oder große Sorgen verdrängt.

Was ist eine verdrängte Emotion?
Eine stark körperlich konnotierte Erfahrung.

Was versucht sie zu tun?
Sie versucht, uns von dem abzulenken, was wir verdrängen, und unsere Aufmerksamkeit auf die Krise zu lenken, die daraus entsteht.

Was kann man tun?
Die Reaktionen erkennen: Angst, Nervosität, Aufregung, Übelkeit, Knoten im Hals…«

II.

Vielleicht beginnt hier die eigentliche Geschichte.
Von dem Tag an leben sie für den anderen. Sie leben nur dafür, nur für ihre Geschichte. Von dem Tag an leben sie zusammen, auch wenn sie nicht im gleichen Bett schlafen. Sie denken nur aneinander, nur daran, ein paar Minuten, ein paar Sekunden füreinander zu finden. Nur das zählt. Sich zu sehen.

Morgens halten sie Ausschau nach einander. Er sieht sie aus dem Loft kommen. Sie treffen sich am Ende der Straße, küssen sich gierig zur Begrüßung, küssen sich innig zum Abschied.
Von dem Tag an klingeln ihre Handys nicht mehr. Sie vibrieren. Sie fangen an, ihre Umgebung zu belügen, er seine Frau, sie ihren Freund. Fangen an, ein Doppelleben zu führen.

Am Morgen dieses Tages frühstücken sie zum ersten Mal gemeinsam in einem Café auf der Avenue de la Grande Armée. Sie erzählen sich ihr Leben. Sie sprechen über sich. Sie schauen sich an. Oder eher: Sie bestaunen sich.
Er erzählt ihr von seinen Jugendnächten, in denen er abgehauen ist, sie ihm von ihrer Studentenzeit, sie erzählen

sich ihre Liebesgeschichten, Enttäuschungen, ihren Kummer, ihre Hoffnungen.

Sie sind noch nicht zusammen gewesen. Sie wissen es noch nicht. Sie ahnen es. Alles ist so intensiv. Sie können sich nicht vorstellen, dass es nicht ebenso intensiv sein wird, miteinander zu schlafen. Aber sie können sich noch nicht vorstellen, wie sehr.

Sie schicken sich Mails, hunderte und aberhunderte von Mails, jede Minute, jeden Tag, eine neue Droge, mit der nur der Wunsch, sich zu sehen, sich anzurufen, miteinander zu sprechen, mithalten kann. Sie werden zu Junkies, Druffis, Abhängigen, Besessenen.

Sie lösen ihren Blick nicht mehr vom Bildschirm, gehen zu SMS über, sobald kein Computer zur Verfügung steht. Rufen sich an, wenn längere Zeit keine Mail kommt. Wenn sie sich seit fünf Minuten nicht mehr gesehen haben. Um sicherzugehen, dass der andere noch da ist. Als ob sie wüssten, dass der andere nicht für immer da sein wird.

An diesem Dienstag ist sie nicht sie selbst, sie schafft es nicht, sich zu konzentrieren, sie schafft es nicht mehr, zu arbeiten, zu essen, zu atmen. Sie sieht die Blicke der anderen, die sich wundern, die sich fragen, was los ist, woran sie denkt, warum sie mit ihren Gedanken woanders ist.

Sendet:
»*Ich bin heute Abend allein.*«
Empfängt:
»*In der Kategorie Spannungsaufbau ist die Mail ›Ich bin heute Abend allein‹ einfach unschlagbar.*

Die schlechte Nachricht ist, dass die Spannung sich schneller auf- als abbaut... Hüpfst du gerne auf einem Bein am Rande des Abgrunds entlang?«

Antwortet:
»Hast du letzte Woche deine Frau mit der Postbotin betrogen?«

Empfängt:
»1. Ich habe meine Frau nicht mit der Postbotin betrogen.
2. Ich bin verrückt nach dir, wenn du mir solche Fragen stellst.
3. Ich bin verrückt nach dir, wenn du gluckst und wenn du mich küsst.
4. Ich bin verrückt nach dir, wenn du die Concierge spielst und für deine Freunde die große Schwester.
5. Ich werde nicht anders können, als dich zu küssen, wenn ich heute Abend an deiner Tür vorbeikomme... und wenn ich dich im Erdgeschoss küsse, bringe ich dich ins Untergeschoss...«

Antwortet:
»*Ich fände es viel romantischer, bei minus fünfzehn Grad im Treppenhaus miteinander zu schlafen, mit der Concierge in der Nähe und der Nachbarin hinten im Hof, die sich umbringen will, weil ihre Wohnung unter Wasser steht...*
Ich werde die ganze Zeit glucksen, damit du die ganze Zeit verrückt nach mir bist.
Nein, ich werde dich ständig küssen, damit du die ganze Zeit verrückt nach mir bist.«

Ihre Geschichte hat vor einem Tag begonnen.

12.

Im Untergeschoss befindet sich ihr Schlafzimmer. Dort berühren sie sich an jenem Abend zum ersten Mal.

Zuvor hat sie ihn in einem Restaurant im Montorgueil-Viertel abgeholt. Er hatte ein Arbeitsessen mit uneleganten Anwältinnen. Und Champagner.

Sie gingen in eine hippe Bar in der Nähe und tranken Caipirinhas. Sie kosteten den Moment aus.

Der Kellner hat sie schließlich hinauskomplimentiert. Es ist zwei Uhr morgens. Die Bar schließt.

Sie stehen auf der Straße. Hand in Hand machen sie sich auf den Heimweg. Drücken das Tor auf. Im Zweiten sind die Fenster dunkel. Seine Frau schläft. Sie öffnet die Tür zum Loft, er folgt ihr.

Im Erdgeschoss küsst er sie. Er murmelt ihren Namen und dass er sich diesen Moment, in dem er sie endlich berühren werde, nicht einmal, sondern tausend Mal vorgestellt habe. Der Klang seiner Stimme... Sie will nur ihn. Sie zittert. Sie bebt. Ihr Körper erwacht, als hätte sie jahrelang geschlafen, als würde sie zum ersten Mal mit einem Mann schlafen.

Er führt sie uns Untergeschoss.

Davon hatten sie geträumt. Sie haben sich nicht getäuscht. Ihnen wird klar, dass sie einzig und allein auf dieser Welt sind, um sich zu lieben.

Sie entdecken, dass die Berührung einer fremden Hand verrückt machen kann. Sie kosten, verschlingen einander, lecken, schlucken. Er schmeckt ihren Saft, sie leckt seinen. Sie weidet sich an seiner Haut, seinem Schweiß. Sie wissen, dass man so etwas ohne Liebe nicht erleben kann.

Sie sieht ihn nackt. Sein Geschlecht stellt sich hungrig auf. Er lässt ihren Blick nicht los. Sie bestaunt ihn, prägt sich jeden noch so kleinen Schatten auf seinem Körper ein, den kleinsten Schauer, der ihn durchläuft.

Er legt sie hin, hält sie fest, streichelt jeden Millimeter ihrer Haut, spreizt sachte ihre Beine, schiebt sich zwischen ihre Schenkel, stöhnt, kostet sie immer wieder. Er saugt ihren Duft ein, bis ihm schwindelig wird.

Sie nimmt sein Geschlecht zwischen die Lippen. Streicht über seine Haut, bekommt nicht genug davon, ihn anzusehen, ihn zu begehren. Sie nimmt ihn sich immer und immer wieder.

An dem Abend dringt er nicht in sie ein. An dem Abend kommen sie nicht zum Höhepunkt.

Es ist fünf Uhr morgens. Er geht.

Zwischen den Laken, in denen noch sein Duft hängt, schläft sie ein. Sie ist immer noch feucht.

Ein paar Stunden später schläft er neben seiner Frau ein. Er ist immer noch steif.

Es ist der 24. Februar.

13.

25.2.2004   17:52
Betreff: Ich bin kein guter Schauspieler

»*Ich möchte dich darüber informieren, dass ich, seit ich im Büro bin, alles in allem 12 Minuten gearbeitet habe. Ich sitze im 10. Stock mit Blick auf Paris und in der Ferne sehe ich den Parc Monceau. Ich kann kaum den Blick davon abwenden. Du fehlst mir schrecklich.*«

Sie:
»*Es wird schlimmer und schlimmer... Wir haben gesagt, dass wir uns vor morgen nicht sehen.*
Ich versuche mir meine Nächte in deinem Mund vorzustellen. Es fehlt mir an Fantasie...«

Er:
»*Ich kann ›Die Frau nebenan‹ nicht schauen, weil ich meine Kopfhörer vergessen habe.*
Ich hatte meine Frau am Telefon, die mir gesagt hat, dass ich die ganze Nacht geredet hätte. Sonst alles in Ordnung. Ich stehe nur kurz vor dem Nervenzusammenbruch.
Das Licht in Paris ist so... dass man unbedingt draußen Liebe machen sollte.

Ich denke nur an dich.«

Sie:
»*So geht das aber nicht... Du schaust in meine Richtung... Statt zu träumen, solltest du lieber ›Die Frau nebenan‹ anschauen... obwohl.*

Du kannst aufhören zu träumen, meine Redaktionssitzung ist vorbei. Ich hole dich an der Metrostation Porte Maillot ab, in 10 Minuten.«

14.

Die Musik bringt die Wände zum Beben.

Ein surrealer Ort. Ein 350-Quadratmeter-Loft. Zehn Meter über ihnen ein Glasdach. An den weißen Wänden zappeln amerikanische Schauspieler, als Projektion.

Es sind an die hundert Leute da, vielleicht zweihundert, die sich an Champagner und Techno berauschen.

Er zögerte, eher er sie mitnahm. Die Party findet bei einem seiner Freunde statt, mitten in Paris.

»Ehrlich gesagt, so wie wir drauf sind, mit Barry White als Hintergrundmusik, 2,5 Promille Champagner im Blut, und unsere Münder nur einen Meter voneinander entfernt, bin ich mir nicht sicher, ob das eine gute Idee ist. Wer könnte sich da beherrschen, außer vielleicht Queen Victoria?«

Und dann versuchte er sich vorzustellen, wie es wäre, sie zwei Tage lang nicht zu sehen.

Er wollte, dass sie mitkam, trotz des Champagners, trotz der Musik, trotz der Lust, die er haben würde, sie in die Arme zu nehmen, wissend, dass er sie nicht würde berühren, nicht würde fühlen dürfen. So könnte er sie zumindest anschauen, mit ihr sprechen. Er würde sie zumindest sehen.

Es ist 21 Uhr. Sie holen sie im Erdgeschoss ab, sie und ihren Freund. Er ist in Begleitung seiner Frau und eines Freundes aus New York. Sie halten zwei Taxis an. Eine chice Gruppe von Pariser Freunden in ihren Dreißigern, die an einem Samstagabend zu einer Party fahren...

Sie steigt bei seiner Frau mit ein. Sie reden über Frauenkram. Der einen gefallen die Schuhe der anderen, die andere mag die Handtasche der einen. Nur ein paar Tage waren nötig, um sich mit diesem Doppelleben zu arrangieren. Ohne eine Spur von schlechtem Gewissen. Ohne irgendetwas zu bereuen. Nichts davon.

Der Raum füllt sich mit Menschen, einer angesagter als der andere... Sie hat nur Augen für ihn, er nur Augen für sie. Sie versuchen, vorsichtig zu sein. Es ist seit ihrer gemeinsamen Nacht in ihrem Schlafzimmer das erste Mal, dass sie sich im Beisein der anderen sehen.

Sie trinken. Ihre Augen glänzen. Er streitet sich mit seiner Frau. Sie hat Partys noch nie gemocht. Sie haut ab. Er fühlt sich frei. Sie ist immer noch bei ihrem Freund.

Der Kumpel aus New York hat alles sofort begriffen: als Außenstehender. Die Menschen sind aufmerksamer, wenn sie nur Zuschauer sind.

Er redet mit einer jungen Blondine. Sie spürt ihre wachsende Eifersucht, den Wunsch, seine Hand zu nehmen und ihn weit wegzuführen von all den Leuten, ihn ganz für sich allein zu haben. Eine absurde Eifersucht. Die ganze Geschichte ist absurd. Die Liebe ist absurd.

Sie trinken weiter. Es ist drei Uhr morgens. Sie verschlingen sich mit Blicken. Sie haben sich seit ihrer ersten Nacht wiedergesehen. Tausende Male. Aber sie haben immer noch nicht miteinander geschlafen. Eine Qual, die nicht auszuhalten ist, die unerträglich wird.

Ihr Freund ist gegangen. Sie sind allein unter zweihundert Leuten. Also allein.

Sie zieht ihn in die Ecke einer Empore, ein wenig abseits. Fängt an, ihn zu streicheln. Die Welt hört nicht auf sich zu drehen, sich zu bewegen, zu trinken, zu tanzen, vorbeizukommen, sie zu sehen ohne sie wirklich zu sehen. Es ist fünf Uhr morgens. Paare bilden sich, driften auseinander.

Die Lust wird drängender.

Der Kumpel aus New York ist als Einziger bis zum Schluss geblieben. Zu dritt gehen sie nach Hause. Sie stoßen das Tor auf. Treten in den Innenhof. Kommen an der Tür zum Loft vorbei. Kein Licht zu sehen. Ihr Freund schläft. Er kann sie nicht gehen lassen. Sie gehen in den Zweiten hoch. Immer noch zu dritt.

Sein Freund verzieht sich in die Küche, um ein Chili zu kochen. Seine Frau und seine Tochter schlafen am Ende des Flurs... Sie schließen die Tür des Gästezimmers.

Sie verbietet ihm, sie anzufassen. Sie will nur, dass er die Augen schließt, dass er an nichts anderes denkt, dass er in ihrem Mund einen qualvollen kleinen Tod stirbt. Sanft nimmt sie sein Geschlecht zwischen die Lippen. Er stöhnt. Sein Körper krümmt sich. Sie haben vergessen, wo sie sind. Sie sind in einer anderen Welt, in der ihnen nichts und niemand etwas anhaben kann.

Er explodiert in ihrem Mund. Sie bekommt nicht genug davon, wie sich sein Körper immer stärker windet. Er ist woanders, weit weg. Dann kehrt er zur Erde zurück.

Sie isst einen Teller Chili.

Sie geht ins Erdgeschoss, legt sich schlafen.
Neben ihrem Freund.
Er legt sich zu seiner Frau. Am Ende des Flurs.

Es ist der 28. Februar.

15.

Da gibt es die intensiven Momente des Glücks. Und da gibt es die schrecklichen Momente des Zweifels. Sie wechseln andauernd von einem zum anderen.

Er sagt ihr, dass alles böse enden werde, für sie, für ihn, für seine Frau, für ihren Freund, für ihre Tochter, für seine schöne Wohnung, für alles. Da gibt es die unwirklichen Augenblicke, in denen sie sich einreden, dass sie eine Lösung finden werden. Dass es eine Lösung geben muss. Es gibt keine Lösung.

Also denken sie nicht nach. Sie lassen sich von dieser Geschichte, die sie im Bann hält, davontragen. Sie haben keine Distanz mehr, keine Urteilsfähigkeit, sie sehen es nicht mehr, denn sie wollen es nicht mehr sehen. Wozu auch? Sie sind abgestürzt. Es bleibt ihnen nur, die Realität zu vergessen, bis sie sie einholt.

Sie sind von dem, was mit ihnen geschieht, fasziniert und stürzen sich rückhaltlos hinein. Es geht schnell, so schnell. Nach nur wenigen Tagen sprechen sie bereits von morgen, übermorgen, vom nächsten Monat, über ihre Zukunft, darüber, wie sie alles über Bord werfen. Sie erleben alles schneller als die anderen, sie haben so viel weniger Zeit als die anderen. Da ist immer diese Dringlichkeit: Sie reißen an sich, was geht, schlagen über die Stränge, für den

Fall, dass ihrer Geschichte bald ein Ende gesetzt wird. Ein brutales. Zu schnelles.

Sie schreiben sich immer noch so oft. Nicht öfter, das geht gar nicht, sie schreiben sich schon so häufig. Worte, die Tag für Tag ihre sich entwickelnden Gefühle zum Ausdruck bringen.

Am 2. März sendet sie:
»Ehrlich, ich mag dich.«
»Ehrlich, nicht so, wie ich dich...«
»Nicht so wie du. Mehr...«
»Ich will dich einfach nur auf die Augen küssen.«
»Willst du mich heiraten?«
»Willst du wirklich einen emotional angeschlagenen, geschiedenen Anwalt heiraten?«
»Ich will einen emotional angeschlagenen, geschiedenen Anwalt heiraten und am Ende der Welt mit ihm leben.«
»Wenn du bereit bist, gleichzeitig dein Loft und deine Freundinnen und deine Suppenschüsseln zu verlassen...«
»Wann also?«

Am 3. März sendet er:
»Ich habe den ganzen Tag und die ganze Nacht an dich gedacht, beim Aufwachen, beim Duschen, beim Vorzeigen meines Monatstickets, beim Begrüßen meiner Assistentin habe ich an dich gedacht... Ich will die Luft zwischen uns einfach nur beiseiteschieben. Du fehlst mir...«

Sie antwortet:
»Das Leben ohne dich zieht sich unendlich...«

Er sendet:
»Was mich verrückt macht:
deine Stimme
deine Energie
deine Augen
dein Wesen
deine Zunge
deine Schreie
dein Duft
deine Lebensfreude
dein Smart
Gib schon zu, das ist viel für ein einziges Herz…«

»Ach, eines habe ich vergessen: du machst mich verrückt, wenn du über Politik sprichst.«

Er sendet:
»Ich habe ein Liebesleben…«
»Seit wann hast du ein Liebesleben?«
»Seit zehn Tagen…«
»Ich glaube, ich bin verrückt nach dir…«

Es ist der 3. März.

16.

Es ist 9:57 Uhr.
Erste Mail:
»*Der Gedanke, den Nachmittag mit dir zu verbringen, lässt mich seit dem Aufwachen nicht mehr los (7:47 Uhr).*

In der heutigen Zeitung zitiert Cathérine Deneuve Marie Bonaparte: »*Arbeit ist einfach, Begehren ist schwierig*«. *Wir werden einen schwierigen Nachmittag miteinander verbringen.*

Ich küsse dich sanft.«

Sie treffen sich in einem Café. Seit dem Morgen haben sie sich nicht mehr gesehen und sie fühlen sich wie völlig ausgehungert.

Sie konnten sich aus dem Büro stehlen. Mit der Arbeit ist es, wie mit allem anderen – sie ist ein Hindernis. Wie alles, was sie nicht zusammenbringt, eines geworden ist.

Sie erfinden Ausreden, Lügen, Termine. Seiner Frau, ihrem Freund, ihren Freunden, ihren Chefs, ihren Kollegen gegenüber. Der Welt gegenüber.

Sie sind in einem Café, warten auf eine Freundin, die auf Geschäftsreise fährt und ihnen ihre Wohnung leiht. Sie verstecken sich nicht. Sie warten auf die Schlüssel. Das Versprechen auf ein intimes Zusammensein, abgeschottet von der Welt, abgeschottet von allem, außer ihnen selbst. Sie haben sich in einem Hauseingang, am Flussufer, in den Straßen von Paris berührt. Sie vergehen vor Sehnsucht.

Sie haben immer noch nicht miteinander geschlafen. Es ist das Einzige, woran sie denken können. Das Einzige, was sie sich ausmalen, diesen Augenblick, wenn er in sie eindringen wird, diesen Moment der Hingabe.

Sie warten auf die Schlüssel. Unterhalten sich so gut wie nicht. Bekommen sie. Schauen sich an. Gehen raus. Zu dem Wohnhaus, mitten am Nachmittag.

Sie haben mehrere Stunden. Sie versuchen zu vergessen, dass sie nach Ablauf dieser Stunden nach Hause gehen müssen. In ihren Gedanken ist nur Raum für die Zeit, die sie aneinandergeschmicgt verbringen werden. Nichts auslassen, nichts verschwenden.

Das Licht ist sanft. Eine breite Glasfront zwischen Himmel und Bäumen. Ein schöner Ort, um sich zu lieben. Er beginnt, sie langsam, ganz langsam auszukleiden. Sie haben es nicht eilig. Sie haben es nicht mehr eilig. Sie haben so lange gewartet.

Er zieht ihre Jeans, dann ihr T-Shirt aus. Greift nach einer ihrer Brüste, umfasst sie, betrachtet sie, streichelt, küsst, massiert sie, widmet sich dann der anderen, verliert sich in ihrer Haut wie ein Kind in seinen Weihnachtspäckchen, geht darin unter. Er zieht ihren Slip runter. Sie ist nackt. Sie schließt die Augen.

Sie nimmt nur noch wahr, wie seine Finger und sein Mund ihren Körper erkunden. Er lässt keine Stelle aus, nimmt jedes kleine Erschauern wahr, streicht wieder und wieder mit der Zunge über ihr Geschlecht, kehrt zu ihrem Bauch zurück. Sanft dreht er sie um, drängt sich an ihren Rücken, wandert mit den Händen zu ihrem Hintern, über ihre Hüften, sie stöhnt auf, als er mit der Zunge in die verborgenen Falten ihrer Kniekehle gleitet. Er will, dass sie sich verliert, dass sie das Leben vergisst. Er hält sich zurück, um sie nicht auf der Stelle brutal zu nehmen. Er ist so erregt, dass es schmerzt.

Er legt sich auf sie, verschmilzt mit ihr. Er spürt, dass sie aufgehört hat zu atmen. Sie fühlt, wie sein Geschlecht das ihre öffnet. Er dringt in sie ein. Aus ihren Augen löst sich eine Träne. Eine Welle erfasst sie. Sie weiß, dass sie das, was sie in diesem Augenblick fühlt, niemals wird erzählen, beschreiben, niederschreiben können. Sie schreit, einfach, um nicht zu vergehen, weil es zu intensiv ist, weil sie ihre Freude hinausschreien muss.

An dem Tag hat sie erfahren, dass zwei Wesen zu einem werden können.

Sie kam, wie sie noch nie gekommen war. Sie schrie auf, spürte, wie ihre Nägel sich in ihre Handflächen gruben, ihre Finger krampften, sein Sperma herausschoss, ihren Körper flutete. Sie nahm wahr, wie er sich anspannte, stöhnte, kam, wie er noch nie gekommen war. Sie spürte, wie die Erde aufhörte, sich zu drehen.

Sie schaute ihn lange Zeit an, bevor sie etwas sagen konnte.

Er massierte kräftig ihre Hände, bevor sie sie wieder bewegen konnte.

Es ist der 4. März.

17.

Sie empfängt:
Betreff: Teilzeitliebende

»Heute morgen habe ich im Hausflur dein Parfum gerochen.

No comment.
Gestern Abend mit einem Kumpel bei ein paar Gläsern Cognac die Welt neu geordnet. Für einen Kuss von dir hätte ich meine Seele verkauft.«

Um 12:13 Uhr empfängt sie:
»Es ist unerträglich… Ich will deinen Hals küssen und meine Hand auf deinen Bauch legen.«

Sie antwortet:
»Nur noch 31 Minuten.«

18.

Sie essen gemeinsam zu Abend. In einem angesagten, gemütlichen Restaurant am Ufer der Seine. Das Licht ist sanft, ihre Blicke sind sanft.

Sie reden über alles, außer über die Aussichtslosigkeit ihrer Beziehung. Sie sprechen über ihre Arbeit, ihr Leben. Sie können so viel reden wie sie wollen, es bleibt so vieles, was sie sich noch nicht erzählen konnten. Sie wollen alles wissen. Mit wie vielen Frauen er geschlafen hat, mit welchem Mann sie am heftigsten gekommen ist. Wie er als kleiner Junge war, wie seine Mutter, sein Vater, sein Leben, sie ist bulimisch, er wie am Verdursten.

Sie schaut ihn an, ihre Hände berühren sich, lassen sich los, damit sie sich nicht irgendwo lieben, um der unstillbaren Sehnsucht nachzugeben.

Sie sind ineinander versunken, als ein Mann am Nebentisch sie anspricht. Er wendet sich an ihn, sagt nur, dass er es sich wünschen würde, dass ihn eine Frau so ansieht.

Er lächelt. Schaut sie an, mit tränenfeuchten Augen. Er sagt ihr, dass er sie mag, sie mag ihn noch mehr, sie mögen sich immer mehr.

Auf ein Stück Papier kritzelt sie:

»Für mich sind Menschen, die ›Ich mag dich‹ sagen,
Menschen, die sich nicht trauen ›Ich liebe dich‹ zu sagen.«

Er antwortet auf der Rückseite des Zettels:
»Für mich sind Menschen, die ›Ich mag dich‹ sagen,
Menschen, die Angst davor haben ›Ich liebe dich‹ zu sagen.«

Sie gehen nach Hause.
Vor ihnen liegt die ganze Nacht.

Es ist der 8. März.

19.

Am nächsten Tag sendet sie:
Betreff: Ein paar Zeilen Glück

»Mein Tag hat traumhaft begonnen. Ich habe dich im Rückspiegel fortgehen sehen. Ich wollte aus dem Auto steigen, dir nachrennen, dich immer wieder küssen, immer wieder und für immer. Ich schließe die Augen und sehe dich vor mir wie gestern Abend, mit funkelnden Augen. Du hast einfach nur glücklich ausgesehen...
Mir fehlt dein Duft. Ich ersticke dich mit Küssen...«

Er antwortet:
»Mein Tag hat tagtraumhaft begonnen, da war einfach nur ein Glücksgefühl, und es ist immer noch da... solange meine Hände noch nach dir riechen, ist alles gut.
Ich mag dich... Ich glaube, ich mag dich so sehr, dass ich sogar bereit wäre, nur für dich nicht mehr Bayrou zu wählen.«

Sie schreibt ihm:
»Ich will mit dir schlafen
ich will dich im Schlaf anschauen
beim Frühstücken anschauen
beim Klavierspielen anschauen

beim Duschen anschauen
im Restaurant anschauen
auf der Straße anschauen
ich will dich anschauen, wenn du das Meer anschaust
dich anschauen, wenn du deine Tochter anschaust
dich anschauen, wenn du mich anschaust
dich anschauen, wenn du kommst
dich anschauen, wenn du Fernsehen schaust
dich anschauen, wenn du liest
dich anschauen, wenn du über den Parkplatz von Ikea gehst
dich anschauen, wenn du mich liebst
dich anschauen, wenn du glücklich bist
dich immer weiter anschauen...«

Er antwortet:
»*Wenn du mich so gern dabei anschaust, wie ich dich anschaue, wie ich dich anschaue, mache ich mir Sorgen um unser seelisches Gleichgewicht.*

Wenn du mich so gern dabei anschaust, wie ich komme, wie ich es liebe, dich anzuschauen, wenn du vor Erregung zitterst, mache ich mir Sorgen um unsere Körper.

Wenn du mich so gern dabei anschaust, wie ich meine Tochter anschaue, wie ich es mag, meine Tochter anzuschauen, fürchte ich um mein Eheleben.

Zum Glück ist Ikea da, um mich davon abzuhalten, sofort in dein Bett zu kommen...

Ich küsse dich bis zum Umfallen...«

20.

Ihre Reise ist schon seit Wochen geplant. Sie stand lange vor ihrem Absturz fest. Sie wollen nach New York, um herauszufinden, ob sie dorthin umziehen können. Seine Frau hat einige Geschäftstermine. Er wird Gespräche mit französischen Firmen führen, um einen Job zu finden.

Die Reise hat nun einen bitteren Beigeschmack. Für sie bedeutet es nur eines: Er geht, um zu sehen, ob er Tausende Kilometer weit weg von ihr leben kann. Er versichert ihr immer wieder, dass er es nicht tun wird, dass er nicht dorthin ziehen will. Sie verbringt schlaflose Nächte.

Sie bittet ihn, nicht zu gehen, alles abzusagen. Er entgegnet, dass nicht zu gehen bedeute, dass er seine Frau verlasse. Er will seine Frau nicht verlassen.

Noch nicht.

Er lässt ihr einen Hoffnungsschimmer. Er sagt, dass er versuchen wird, ein paar Tage vor ihr nach Hause zu kommen. Sie stellt sich vor, wie sie mehrere Nächte gemeinsam verbringen... Sie stellt sich vor, wie die ersten Sonnenstrahlen auf sein Gesicht fallen.

Der Gedanke, ohne ihn zu sein, ist unerträglich. Ihr wird bewusst, wie stark ihre Abhängigkeit ist. Sie nimmt sich vor, es zu beenden, bevor es schlimmer wird, bevor sie sich wirklich lieben. Sie lieben sich bereits.

Sie treffen sich in einem Café. In ihrer Tasche die Schlüssel zu einem Liebesnest. Sie lebt nur für diese Augenblicke, aber an dem Tag ist sie woanders, am Boden. Sie ist verletzt.

Sie ist entschlossen, ihn zu verlassen, diese Sache, die nirgendwo hinführt, zu beenden. Sie ist entschlossen, den Schmerz, die Tränen, die Schreie hinter sich zu lassen. Sie spürt, dass sie sich, wenn nicht jetzt, dann nie verlassen werden. Bis sie ganz unten wären. Sie denkt, dass sie es schaffen kann. Sie weiß noch nicht, dass es schon zu spät ist.

Sie sitzt in diesem Café, schaut ihn an, fragt sich, woher sie die Kraft nehmen soll. Sie sieht sich als Kind vor sich, denkt an sich und ihren Vater, den sie so selten erlebt hat, fängt an zu sprechen. Zwingt sich, ihm schreckliche, aber so wahre Dinge zu sagen, die nie ausgesprochen wurden, als ob sie dadurch verschwinden würden. Sie sagt ihm, dass er nie ein Leben ohne seine Tochter führen wird, dass sie dieses süße Kind niemals mehr ansehen könnte, wenn sie ihm den Vater wegnähme, dass er das sein ganzes Leben mit sich rumtragen würde, dass sie das ihr ganzes Leben mit sich rumtragen würde. Dass sie eine Wahnsinnsgeschichte erleben, dass sie verrückt nacheinander sind, jeden Tag mehr. Dass sie abgestürzt sind und unsanft landen werden. Sie redet. Und er weint. Dass es ihm den Atem verschlägt. Dass er nicht mehr aufhören kann. So sehr.

Er weint bei dem Gedanken, sie zu verlieren, an ein Leben ohne sie, er weint über seine eigene Hilflosigkeit. Er weint, weil er weiß, dass er sich etwas von unschätzbarem Wert entgehen lässt, weil er weiß, dass er mit ihr sein Leben verbringen will, dass sie es ist, die er heiraten, mit der er ein Kind bekommen möchte. Er weint, weil es zu spät ist, weil er sein Leben nicht mehr im Griff hat, weil ihm bewusst wird, dass ihm sein Leben auf gewisse Weise nicht mehr gehört. Sie ist fasziniert von diesem Mann, der mitten im Café um sie weint.

Sie geht, ohne sich noch einmal umzudrehen. Auf der Straße rennt sie, um nicht umzukehren.

Später, nach Einbruch der Dunkelheit, liegt sie niedergeschmettert auf ihrem Sofa, sie sieht ihn vorbeigehen, mit gesenktem Kopf, in sich zusammengesunken. Sie ahnt, dass seine Tränen noch nicht versiegt sind.

Sie fühlt die Angst in sich aufsteigen, ihr Herz rasen. Sie begreift, dass sie ihn verlassen hat. Sie begreift, dass sie verrückt ist. Sie sieht zu, wie die Stunden verrinnen, ohne Schlaf zu finden, kann nur daran denken, zu ihm zu gehen. Sie weint. Dass es ihr den Atem verschlägt.

Sie bemerkt, dass ihr Handy zweimal geklingelt hat, mitten in der Nacht, dass er es war. Sie ruft zurück, er geht nicht ran.

Es wird Nachmittag, bevor sie mit ihm sprechen kann. Sie treffen sich in der nahegelegenen Bar, in der sie ihren ersten Abend verbracht haben. Sie erzählt ihm das Gegenteil vom Tag zuvor. Wort für Wort. Er erinnert sich, dass er am Abend zuvor weinend in seine Wohnung zurückgekehrt ist, dass seine Frau ihn verblüfft angesehen hat, dass er ihr erklärt hat, dass er nur einen schlechten Tag habe, dass er seine Tochter auf den Arm genommen und sie den ganzen Abend nicht mehr losgelassen hat.

Und nun sitzt er ihr wieder gegenüber. Er ist mit dem festen Entschluss hergekommen, ihr zu sagen, dass sie recht habe, dass es keine Lösung gebe. Er weiß, dass er nicht nachgeben darf und fühlt, dass er nachgibt, dass er nicht fähig ist, ihr zu widerstehen, dass er nur davon träumt, sich in ihre Arme zu flüchten. Er spürt, dass er diese unerträglich schlimmen Stunden, in denen er glaubte, sie verloren zu haben, nur vergessen will.

Entlang der Mauern des Innenhofs kehren sie im Schutz der Dunkelheit zum Loft zurück. Sie schleichen sich hinein wie Diebe, da im Zweiten alle Fenster erleuchtet sind. Seine Frau erwartet ihn zum Packen. Sie gehen ins Untergeschoss. Lieben sich. Er berauscht sich an ihr, sie betrinkt sich an ihm. Sie leben auf. Atmen wieder.

An dem Tag begreifen sie, dass sie einander nicht verlassen können. Lange Zeit versuchen sie es nicht einmal mehr.

Er kehrt erst spät in seine Wohnung zurück, Körper und Herz angefüllt mit ihr.

Er kehrt in seine Wohnung zurück mit dem Gedanken, dass er sie eine Woche nicht sehen wird.

Mit dem Gedanken, dass es schlimmer hätte kommen können. Es hätte das letzte Mal sein können, dass er sie sah.

Am nächsten Morgen bricht er auf zum Flughafen. Mit seiner Frau und seiner Tochter geht er an ihrem Fenster vorbei. Die Kleine schläft noch.

Es ist der 13. März.

21.

Sie haben nie daran geglaubt, dass räumliche Distanz sie trennen könnte. Sie kamen einander nur noch näher.

Er verbrachte die Woche damit, sie anzurufen, heimlich, in den Parks von Manhattan. Sie verbrachte die Woche damit, zu überleben.

Er und seine Frau haben beschlossen, nicht dorthin zu ziehen. Ihre Geschichte wird also weitergehen.

Jeden Morgen brechen sie gemeinsam auf, frühstücken in der Avenue de la Grande Armée, essen jeden Tag gemeinsam in Neuilly oder andernorts in Paris zu Mittag. Am Abend gehen sie gemeinsam nach Hause.

Sie sendet:
Betreff: JF sucht Partner für verführerisches Mittagessen

»Ich fühle mich wie in einer Welt aus Watte... aber meine Watte folgt mir... Sie kann mich also zu einem Mittagessen in Boulogne begleiten, bei dem ich in deinen Augen versinken werde.«

Er antwortet:
»Ich bin dein... Egal wann, egal wo...«

Sie hassen die Wochenenden. Am Sonntagnachmittag kann er sich rausstehlen, und sie ziehen sich ins Fumoir, das Restaurant ihres ersten Mittagessens, zurück.

Sie lügen jeden Tag ein bisschen mehr, dehnen die Grenzen aus, gehen immer mehr Risiken ein. Ihr Freund ist oft weg, er »offiziell« auf Geschäftsreise. Dann leben sie zusammen im Loft, mit zugezogenen Vorhängen, geschlossenen Fensterläden. Seine Frau und seine Tochter im Zweiten, sie beide unten im Erdgeschoss.

Sie treffen niemanden mehr, vernachlässigen ihre Freunde, ihre Eltern, den Rest der Welt. Sie versuchen, ins Kino zu gehen, doch können selbst im Dunkeln nicht die Augen voneinander lassen, schauen kaum auf die Leinwand. Sie gehen ins Theater. Die ganze Vorstellung über sieht er sie an, glucksend wie ein Kind. In ihrer Geschichte ist kein Platz für etwas anderes.

Jeden Abend huschen sie eng an den Mauern entlang, voller Angst, seiner Frau zu begegnen, der Concierge, einem Nachbarn, einer vertrauten Gestalt. Doch nichts kann sie davon abhalten, zusammen zu sein. Sie sagen sich, dass sie wahnsinnig sind. Sind perplex angesichts ihres Wahnsinns.

Sie empfängt:
»Du liebst Patrick Bruel, du hast für die Grünen gestimmt, und trotz deines sehr zweifelhaften Musikgeschmacks und deiner politischen Irrwege schmelze ich, vergehe ich, verglühe ich allmählich…

Es muss an deinem Lächeln in Verbindung mit deiner Stimme liegen. Nein, es muss etwas anderes sein…«

Sie entdecken das Glück, aneinandergeschmiegt einzuschlafen, sich nicht mehr loszulassen, morgens miteinander zu schlafen, wenn die Sonne aufgeht. Sie wacht mitten in der Nacht auf und nimmt sein Geschlecht in den Mund. Er weckt sie auf, indem er eine Hand zwischen ihre Schenkel schiebt. Nicht eine Nacht vergeht, ohne dass die Lust sie aufweckt. Sie schlafen zweimal, dreimal, zehnmal miteinander. Sie erleben ein noch immer wachsendes sinnliches Vergnügen. Er kann sie stundenlang liebkosen, süchtig nach ihrem Duft. Es gibt keine Hürde, keine Grenze, keine Scham. Keine Schamlosigkeit. Sie sind eins.

Immer wenn seine Frau nicht da ist, zieht sie hoch in den Zweiten. Gerührt schaut er den zwei Frauen seines Lebens zu, wie sie im Wohnzimmer tanzen. Sie bringen das kleine Mädchen zu Bett, das nicht begreift, was um es herum geschieht. Eine ganz normale Familie, außer, dass sie immer mit zugezogenen Vorhängen leben, außer, dass sie sich auf Zehenspitzen davonschleicht, bevor morgens das Kindermädchen kommt.

Sie sendet:
»Ich hatte eine sehr schöne Zeit ... ein zärtlicher Moment, abgeschnitten von der Welt. Als ob auf einmal alles ganz einfach wäre ...«

Er antwortet:
»Es war tatsächlich erschreckend einfach und schön.«

Sie antwortet:
»Warum erschreckend?«

Er antwortet:
»Erschreckend, wenn man bedenkt, dass wir erst seit 29 Tagen zusammen sind…«

Als sie zum ersten Mal »Ich liebe dich« sagt, ist es mitten in der Nacht.

Als er ihr zum ersten Mal sagt, dass er sie liebt, ist es Morgen.

Es ist der 24. März.

22.

Es ist ein Morgen wie so viele andere. Sie stehen an der Porte Maillot an einer roten Ampel. Er hat sein Gesicht in ihrem Hals vergraben. Holt eine weitere Nacht ohne sie auf. Sie hört, worauf sie seit Wochen gewartet hat. Sie hört ihn flüstern, dass er es nicht mehr aushalte, nicht in ihren Armen zu schlafen, sie nicht im Schlaf zu betrachten. Sie hört ihn flüstern, dass er mit ihr zusammenleben wolle. Sie schließt die Augen. Die Vorstellung einer großen, ganz weißen Wohnung taucht in ihr auf, Kartons, ein großes Bett. Sie lächelt.

Sie kommt im Büro an.

Sie sendet:
»Ich habe mich entschieden
Ich will dich jeden Morgen sehen
Ich will dich jeden Abend sehen
Ich will dir sagen, dass du dich wieder schlecht rasiert hast
Ich will mich beschweren, weil deine Tochter aufgewacht ist, bevor du mit mir schlafen konntest
Ich will mit dir in die Normandie fahren und mit dir schlafen, wann immer wir Lust aufeinander bekommen
Ich will dir beim Leben zuschauen

Ich will dich todglücklich machen
Ich will mit dir leben
Ich will ihr Gucci-Sneakers kaufen
Ich will hören, wie du dich beschwerst, dass jemand einem Kind Gucci-Sneakers kauft
Ich will dich beim Skifahren abhängen
Ich will für dich kochen
Ich will mich beschweren, weil du nicht kochst
Ich will dich lieben
Noch mehr und für immer, jeden Tag, jede Nacht
Ich will dich, ich will nur dich.«

Er antwortet:
»*Das ist die schönste Einladung zum Glück, die ich in meinem kurzen Leben erhalten habe.*
Ich will einfach nur hineinspringen…«

Ihr Leben ist schön.

Es ist Ende März.

23.

Das Leben geht weiter. Die Tage vergehen. Es finden Wahlen statt. Sie wählen gemeinsam. Schauen den Wahlabend gemeinsam. Sie fragt sich, wie er nur Bayrou wählen kann. Er macht sich über sie lustig, weil sie nicht versteht, wie man Bayrou wählen kann. Sie behauptet, dass die Linke gewinnen werde, er antwortet, dass sie wohl träume.

Er schreibt:
»Gestern Abend hat die Linke über 50 Prozent der Stimmen erhalten, eine Premiere in der Geschichte der V. Republik.
Gestern Abend hast Du mir über 1 000 Küsse geschenkt, eine Premiere in der V. Republik.
Wann wiederholen wir das?«

Er streitet sich immer öfter mit seiner Frau.
Sie ist für ihren Freund immer weniger präsent.

Alle spüren, dass etwas vor sich geht, ohne wirklich wissen zu wollen, was.
Sie ist schon dem ein oder anderen Nachbarn begegnet, wenn sie morgens in aller Frühe barfuß durchs Treppenhaus gerannt ist. Was man nicht sehen will, sieht man nicht.

Sie spekulieren über die Regierungsämter.

»*Es ist 17 Uhr: immer noch keine Regierung, immer noch Sehnsucht nach dir...*«

»*Es ist 17:06 Uhr: Um 19 Uhr wird die Regierung bekanntgegeben. Immer noch Sehnsucht nach dir...*«

»*Es ist 17:09 Uhr. Es heißt, Villepin wird vielleicht Innenminister. Ich schließe meine Augen, sehe dich vor mir, nackt, den Kopf zurückgelegt, mit halbgeschlossenen Augen...*«

»*Zum Glück ist Borloo dabei... Ich könnte in weniger als 20 Sekunden in deinem Mund kommen...*«

»*Du nimmst alle Abgeordneten... du versammelst sie im Parlament... du zählst alle ihre Sehnsüchte zusammen... Die nimmst du mal zehn... du fügst das Begehren dieses B-Promis dazu, der in seine Lederhose schwitzt, sobald er dich sieht... Dann erneut mal zehn... Und dann fügst du ein Gefühl hinzu, das von Herzen kommt und das weder die Abgeordneten, noch der B-Promi kennen... Dann hast du eine Ahnung davon, in welchem Zustand sich dein wenig zuvorkommender Nachbar befindet, der dir das Leben schwermacht...*«

Sie verbringen immer mehr Nächte zusammen, und es sind immer noch nicht genügend.

Sie ertragen es nicht mehr, zu arbeiten, sie ertragen überhaupt nichts mehr.

Sie schreibt:
»*Es ist 14:14 Uhr. Ich fühle eine gewaltige Leere. Ich habe dich*

seit vier Stunden nicht mehr in den Armen gehalten... eine Ewigkeit.

Ich schlafe an meinem Computer ein, während ich an dich denke... von der kommenden Nacht träume, einer Nacht in deinen Armen, noch einer Nacht der Zärtlichkeit, des süßen Glücks.

Es ist surreal, in deinen Armen zu schlafen und mitten in der Nacht aufzuwachen, dich neben mir zu spüren, dich zu berühren, dich zu küssen, zu fühlen, wie du aufwachst, zu fühlen, wie du wieder Lust auf mich bekommst. Es ist surreal...«

Er antwortet:
»Ich will Champagner aus deinem Mund trinken... Ich will Bauch an Bauch mit dir einschlafen... In vierzig Minuten schiebe ich meine linke Hand unter deinen rechten Oberschenkel, und du wirst mich eine Nacht mehr aus der Welt führen...«

Eine Nacht wie Magie. Sie liegt auf dem Parkettboden, Kerzenlicht erhellt den Raum. Die Vorhänge sind zugezogen. Er leckt jeden Teil ihres Geschlechts, steigert ihre Erregung, lässt sie abflachen, fühlt, wie sie stöhnt, sich anspannt, fühlt ihren Bauch vibrieren, ihre Beine zittern, er weiß, dass sie kurz davor ist, zu kommen. Ihr stockt der Atem... Sie ist wie erstarrt von der Heftigkeit ihrer Reaktionen... Er schaut sie an. Sie liegt immer noch auf dem Boden, bewegt sich nicht, ihre Hände sind gefühllos, ihre Augen geschlossen... Er kann sie immer noch schmecken. Schaut zu, wie sie zu ihm zurückkommt... Es ist erst der Beginn der Nacht, die Kerzen erhellen immer noch den Raum, der Champagner wartet nur darauf, auf ihren Lippen zu prickeln ...

Am nächsten Tag schreibt er:
Betreff: Unsere Nächte sind noch schöner als unsere Tage

»*Die Kerzen, die deine Pupillen schimmern lassen, das Geräusch der Spülmaschine, das uns den Rhythmus vorgibt, der ›Blues du Businessman‹, der deine Hüften zum Schwingen bringt, das kalte Parkett an deinem so warmen Bauch, das Wasser, das auf unseren ausgetrockneten Zungen brennt, und immer dein Atem, dein Geruch und deine Stimme, die meine Kinderseele entzücken… Ich will nicht einen Tropfen dieser gesegneten Augenblicke verschwenden.*
Ich steuerte träumend zwischen Nacht und Tag.
Ich trieb zwischen Mond und Morgensonne.
Ich schwamm auf deiner Haut, versank in den Winkeln deines Mundes, tauchte ein in deine Halsbeuge.
Zwei Nächte lang war ich ein verwöhntes Kind.«

Und dann war da wieder diese Leere.
Sie fährt ohne ihn zum Skifahren. Er reist ohne sie nach London. Fünf Tage ohne den anderen. Erst vor ein paar Stunden hat er sich aus ihrer Umarmung gelöst, und sie denkt an die kommenden Tage, die verlorenen Tage.
»*Ich verliere den Halt.*
Ich kann mir nicht vorstellen, dass du zu mir zurückkommst, meine Tür öffnest, deine Sachen holst und gehst, als ob es diese Augenblicke nie gegeben hätte.
Ich kann mir nicht vorstellen, dass du heute Abend nicht bei mir bist, und auch nicht morgen, Donnerstag, Freitag, Samstag, Sonntag…
Ich kann nicht leben ohne die Hoffnung, deinen Körper nackt an meinem zu spüren. Ich kann meiner Umgebung nicht

erklären, warum ich feuchte Augen habe. Ich weiß weder, was ich tun oder sagen soll, noch finde ich den Zauberstab, mit dem ich diese Schranken, die mir die Luft nehmen, verschwinden lassen kann…
Ich bin todtraurig.«

So ist ihr Leben. Schön, traurig, mit überwältigenden Glücksmomenten und Augenblicken der Verzweiflung… Die gestohlene Zeit kommt sie teuer zu stehen. Sie ist erschöpft. Sie beginnt, nicht mehr daran zu glauben, er bittet sie, weiter an sie zu glauben.

Der März geht zu Ende. Der April schreitet voran. Sie erleben ihre ersten, flüchtigen Meinungsverschiedenheiten. Sie sehen immer noch keinen Ausweg. Es geht auf, ganz weit hoch, und ab, ganz tief nach unten.

Sie will, dass das alles aufhört, sie will, dass sie weggehen. Sie will ihren Freund verlassen. Er will seine Frau verlassen. Doch er hat große Angst, seine Tochter zu verlieren. Er ist sich sicher, dass seine Frau nach Hause, nach New York, gehen wird, Tausende von Kilometer weit weg. Er ist sich sicher, dass sie ihre Tochter mitnehmen wird, dass er sie nicht mehr oder nur sehr selten sehen wird. Er ist zerrissen zwischen zwei Lieben, den beiden Lieben seines Lebens, beide gleich stark, zwei Lieben, die er zum Leben braucht. Er weiß, dass er sich entscheiden muss. Und diese Entscheidung ist unerträglich schwer.

Also begraben sie ihre Sorgen, ihre Ängste, führen weiter dieses Leben. Sie akzeptieren alles, um sich nicht zu verlieren.

24.

Er empfängt:
»*Hat dir nie jemand gesagt, dass du einen Wahnsinnscharme besitzt...*
einen unwiderstehlichen Blick,
ein unbeschreibliches Lächeln,
eine solch unbeschreibliche Sanftheit...
Hat dir nie jemand gesagt, dass du rührend bist,
bewegend,
aufwühlend,
hat dir nie jemand gesagt, dass für Bayrou zu stimmen eine Schwäche ist,
und dass perfekte Menschen langweilig sind,
hat dir nie jemand gesagt, dass du intelligent bist,
dass man im Gespräch mit dir Zeit und Raum vergisst.
Dass deine Küsse die Stunden, die Welt, den ganzen Rest verschwinden lassen.
Hat dir nie jemand gesagt, dass du wunderbar über Liebe schreibst,
dass deine Worte einem das Leben versüßen,
dass deine bloße Anwesenheit allein schon Glück bedeutet,
hat dir nie jemand gesagt, dass du einen schwierigen Charakter hast, so bezaubernd, hat dir nie jemand gesagt, dass man dich schon bei deinem Anblick lieben will,

mit dir schlafen will, sobald man dich spürt,
hat dir nie jemand gesagt:
du das Einzige, was ich im Leben will…
Ich war mir eigentlich sicher, dir das gesagt zu haben.«

Nein, das hat ihm nie jemand gesagt.

25.

Der Gedanke lässt sie seit Wochen nicht mehr los. Zwei Tage verreisen, an einen Ort weit weg von zu Hause, weit weg von diesem Innenhof, von diesen Fenstern, an denen sie ständig vorbeistreifen, um einen Blick aufeinander zu erhaschen. Sie haben schon so viele Stunden mit Warten verbracht, darauf, dass das Licht ausgeht, dass das Licht angeht, sobald der eine zu Bett geht, sobald der andere aufsteht.

Verreisen, um nicht noch ein Wochenende zu erleben, an dem sie ein Abendessen mit ihrem Freund, mit seiner Frau organisieren, nur, um sich zu sehen und miteinander zu sprechen, ein Abendessen, bei dem sie auf jede Geste, jeden Blick achten müssen, der die Sehnsucht, die Zuneigung, die Verbundenheit, die Liebe, die sie füreinander empfinden, verraten könnte. Ein Abendessen, bei dem sie sich erneut in der Vorratskammer küssen, bei dem sie sich runterschleichen, um miteinander zu schlafen, wie ausgehungert, in dem Schlafzimmer ganz hinten, während die anderen beim Aperitif draußen die erste Frühlingswärme genießen.

So ist ihr Leben. Zweigeteilt. Da ist die Woche, in der sie allein sind, in der sie frei sind. Und da sind die unerträglichen Wochenenden, an denen sie ihn mit seiner Frau und seiner Tochter vorbeigehen sieht, auf dem Weg zum Einkaufen, an denen er mitansehen muss, wie sie mit ihrem Freund nach Hause kommt und zum Schlafen ins Untergeschoss geht. Die Wochenenden, an denen sie manchmal gezwungen sind, mit anderen zu schlafen, obwohl sie nur miteinander schlafen wollen. Die Wochenenden, an denen sie alles Mögliche erfinden, um sich zu sehen, an denen sie nach oben geht, um ihm eine Zitrone zu bringen, an denen er runterkommt, um eine Glühbirne zu holen... Diese Wochenenden, an denen sie vor allem ständig Partys geben, um zusammen zu sein, auch wenn sie sich mit anderen teilen müssen. Momente, in denen sie sich am stärksten in ihrem Doppelleben verstricken, in denen sie merken, dass sie in den Augen der anderen in erster Linie Nachbarn und Freunde sind. Auch, wenn es in ihrer Umgebung immer mehr Leute gibt, die das in Zweifel ziehen.

Sie kennen keine Grenzen mehr. Um Zeit zu schinden, sind sie bereit, immer mehr Lügen zu erfinden.

Sie empfängt:

»*Um dir einen Eindruck von den Fortschritten zu vermitteln, die ich in dieser Sache gemacht habe:*

Ich fahre auf ein von der Kanzlei organisiertes Skiwochenende nach Méribel (das Schlimmste ist, dass es manchmal wirklich vorkommt, dass sie eines organisieren).

Im letzten Moment ist ein Platz frei geworden, ich fahre mit einem befreundeten Kollegen, den meine Frau nur dem Namen nach kennt. Ich nehme den Zug am Freitag um 19 Uhr und komme am Sonntag um 22:30 Uhr zurück.

Antwort meiner Frau: Nimmst du mich mit? (Es ist das erste

Mal, dass sie zum Skifahren mitkommen will.) Antwort auf die Antwort: Ich glaube, dass leider nur noch ein Platz frei ist. (Und da meldet sich das schlechte Gewissen.)

Liste der Dinge, die an dem Wochenende zu tun und zu lassen sind:
Skischuhe mitnehmen
Selbstbräuner im Gesicht auftragen
Nicht in Badehose am Strand bräunen
Nicht telefonieren mit dem Geräusch der Wellen im Hintergrund
Langsam, lange, ausdauernd Liebe machen... Das hinterlässt (fast) keine Spuren.
Ich sehne mich nach deinem Mund.«

Sie werden nicht Skifahren. Die Saison ist vorbei. Sie fahren nach Deauville, wie alle Liebenden, die Hand in Hand die Stege entlanglaufen und aufs Meer schauen.

Davon träumen sie.

Sie können nicht glauben, dass sie zwei Tage und zwei Nächte miteinander verbringen werden. Sie haben bereits zusammen die Nacht verbracht, aber noch nie den Tag, einen ganzen Tag – vom Frühstück bis zum Einbruch der Nacht.

Sie sind auf dem Weg, lachen, reden, sind unfassbar glücklich. Sie haben ein Talent für das Glück, dank der unglaublichen Fähigkeit, die Probleme, die ihnen das Leben schwermachen könnten, auszublenden. Sie haben ein Zimmer in einem der Palasthotels der Stadt reserviert, in Hanglage und mit Blick aufs Meer. Ein riesiges Zimmer mit einem riesigen Bett. Sie wirken wie ein normales Paar. Fast. Er trägt einen Ehering, sie nicht. Eine außereheliche Beziehung. Für so etwas wirken sie jedoch zu jung.

Sie lachen, als die junge Hotelangestellte ihnen im Aufzug erklärt, wo sich Golfplatz, Tennisplätze und Pool befinden. Sie hören nicht zu. Sie wollen nur allein sein. Die Angestellte spürt, dass sie überflüssig ist. Sie geht.

Sie haben Sex, essen am Strand zu Abend. Schlafen ein wenig, haben Sex. Sie fragen sich, wie sie so oft miteinander schlafen können. Er flüstert ihr jede Berührung ins Ohr, von der er träumt, jedes Wort, mit dem er sie verrückt machen kann. Sie genießt seine schiere Gegenwart, seine Stimme, dass sie seine Hand halten kann, wenn sie in ein Restaurant gehen. Sie holt sich ihre Dosis und merkt sich jeden Moment, um sich an alles zu erinnern, für den Fall, dass er eines Tages beschließen sollte, zu gehen.

Sie schlafen nicht viel. Wozu schlafen, wenn sie doch zusammen sind, warum wertvolle und seltene Stunden verlieren. Die Sonne geht auf, sie schauen aufs Meer, sie springt aufs Bett, auf ihn, sie sprüht vor Lebensfreude. Sie zwingen sich, das Zimmer zu verlassen, gehen ans Meer, essen auf dem Sand zu Mittag, laufen durchs Wasser... Sie zwingen sich, eine Zeitung zu kaufen.

Sie gehen zurück ins Hotel. Sie haben seit Stunden nicht mehr miteinander geschlafen.

Sie sind schön. Sie zieht ihren weißen, schwingenden Rock an, hohe Schuhe, einen schwarzen Pullover, der ihr Dekolleté betont. Er ist schön. Sie gehen runter in die Bar, bestellen Champagner. Er muss seine Frau anrufen, sie muss ihren Freund anrufen – der Preis, den sie zahlen für zwei Tage Freiheit. Sie rufen gleichzeitig an. Sie können sich fast hören am anderen Ende der Leitung. Seine Frau ist bei ihrem Freund, sie bereiten im Innenhof ein Grillfest vor. Darüber müssen sie lachen. Es gibt Situationen, die den Umständen zum Trotz komisch sind…

Sie gehen ins Hotelrestaurant, Kaviar, Wodka, russische Musikanten, Kerzen, ein erleuchteter alter Palastsaal und ein Klavier …

Der Saal hat sich geleert, sie sind allein, bis auf ein paar Kellner in einer Ecke. Sie nimmt ihr Champagnerglas, zieht ihn zum Klavier, er fängt an zu spielen, sie schaut ihn an, ihre Lippen berühren die prickelnden Bläschen, sie lösen ihre Augen nicht voneinander, die Töne steigen empor, sie wissen, dass dies eine Filmszene ist, sie empfinden das Leben als magisch, auch wenn es wirkt wie auf der Leinwand, er am Klavier, sie vor ihm…

Sie gehen zurück in ihr Zimmer, er fängt schon im Flur an sie zu berühren, macht hinter der Tür weiter, legt sie aufs Bett, zieht ihr den Rock aus, ihren Slip, betrachtet sie, streichelt sie, legt seinen Kopf auf ihren Bauch und schläft ein.

Sie betrachtet ihn lange beim Schlafen, sein friedliches Kindergesicht auf ihrem Bauch.

Sie liebt ihn, wie sie noch nie geliebt hat.

Am nächsten Morgen verlassen sie ihr Zimmer so spät wie möglich. Sie wissen, dass die Rückreise naht, das Ende eines Tagtraums. Sie werden nach Étretat fahren. Sie werden sich im Wald oberhalb der Felsen verirren, werden sich inmitten der Felder lieben, mit Aussicht aufs Meer und als einziger Gesellschaft die sich im Wind biegenden Gräser und die Kühe. Sie werden in einer Crêperie zu

Abend essen und dabei versuchen zu vergessen, dass ihre Zeit hier abläuft. Erst spät werden sie sich auf den Weg machen, nicht viel dabei sprechen. Sie wird ihn wortlos vor dem Haustor absetzen. Er wird versuchen, sie zu küssen, sie wird sich abwenden, um ihre Tränen zu verbergen. Sie wird allein den Wagen parken, nach Hause gehen, in den Fenstern im Zweiten wird kein Licht zu sehen sein, sie wird spüren, dass er im Dunkeln Ausschau nach ihr hält. Sie wird neben ihrem Freund ins Bett schlüpfen. Ihre Tränen wären immer noch nicht versiegt. Die gestohlenen Stunden kommen sie teuer zu stehen.

Am nächsten Tag wird er schreiben:
»Auf meiner Haut, in meinen Adern, in meinem Kopf liegt die Erinnerung an jede Minute dieser zwei Tage im Paradies. Ich sehe noch das Blau des Himmels durch das Fenster, das Grün des Feldes in Étretat, das Weiß deines Rocks.

Ich fühle noch immer die Berührung der sanften Wölbung deines Bauches und die weiche Wärme deiner Zunge. Ich schmecke noch immer deinen Speichel, vermischt mit meinem.

Ich rieche noch immer deinen Duft an meinen Fingerkuppen. Ich höre noch immer deinen Atem und deine Schreie, wenn du dich mir hingibst.

Ich habe 54 Stunden an deiner Seite verbracht, in denen mich dein widerspenstiger Frohsinn, deine unersättliche Verschwendungssucht, die Gier deiner Sinne, die Kraft deiner Gefühle jeden Augenblick erstaunt hat.

Und alles, was ich fühle, ist nun schon tausendmal stärker als das, was ich in diesen sechs Minuten geschrieben habe.«

Es ist der 4. Mai.

26.

Das Leben geht weiter. Sie glaubt, dass sie nicht lange durchhalten wird. Sie fängt an, sich Ultimaten zu setzen, ohne sicher zu sein, ob sie sie einhalten kann. Sie denkt, dass sie sechs Monate schaffen kann, nicht mehr. Also wird sie am 23. August aufhören. Das ist noch weit genug weg, um sie leben zu lassen. Bis dahin kann so viel passieren.

Der Juni rückt näher. Am Ende des Monats läuft ihr Arbeitsvertrag aus. Sie fragt sich, was sie mit ihrem Leben machen soll. Er drängt sie, in die Politik zu gehen, sieht sich als Ehemann einer Ministerin, fürchtet nur, dass sie, einmal in der politischen Arena, keine Zeit mehr für ihn haben wird. Also meint er, sie solle zehn Jahre warten, bevor sie damit anfängt, damit er ein Jahrzehnt Zeit mit ihr hat. Danach könne sie gern Ministerin werden, auch wenn er sich sicher ist, dass sie in zehn Jahren immer noch umwerfend sein wird, dass er sie in zehn Jahren immer noch genauso begehren wird.

Sie haben sich so sehr von ihrer Arbeit distanziert, dass sie Schwierigkeiten haben, sich zurechtzufinden. Auch er möchte sich verändern. Er fängt an, sich umzuschauen. Nicht mit seiner Frau plant er die Zukunft, nicht mit seiner Frau spricht er über seine Zweifel, seine Neigungen. Sondern mit ihr. Ihr verkündet er, dass er ein erstes Gespräch mit einer Kanzlei hat, für die er gerne arbeiten will. Sie ist es, die sich freut, die ihn anspornt, die ihn lediglich fragt, ob er den Arbeitgeber und die Frau gleichzeitig wechseln kann. Er antwortet, dass er auf seine Frau, seinen Job, seine Wohnung, seine Freunde und sogar auf Rotwein verzichten kann, wenn es nötig ist.

Ihr teilt er mit, dass er gekündigt, dass er woanders eine Stelle gefunden hat. Sie freut sich für ihn, ist aber traurig um ihretwillen. Sie weiß, dass sich ihr Leben ändern wird. Dass er sich nicht mehr ganze Nachmittage freinehmen kann, dass sie andere Gelegenheiten finden müssen, um sich zu sehen, dass es komplizierter werden wird ...

Sie verabreden sich auf der Terrasse eines Straßencafés, um zu feiern. Sie fragt ihn, ob seine Mutter ihm, als er klein war, etwas geschenkt habe, wenn er eine gute Note bekommen habe. Nein, seine Mutter habe ihm kein Geschenk gemacht. Sie verdeckt ihm die Augen mit der Hand, legt ein Päckchen auf den Tisch. Für sie sind gute Noten nur ein Vorwand, um dem anderen eine Freude zu machen. Er fragt sie, wie sie es anstelle, sein Leben so viel schöner zu machen ...

Am nächsten Tag schreibt er ihr:
»Du verzauberst mich, wortwörtlich.«
Sie holt ein Wörterbuch und schlägt das Wort »verzaubern« nach.
Da steht: »Durch Zauberei verwandeln / durch seinen Zauber, Reiz ganz gefangen nehmen.«

Sie verbringen weiterhin die Nächte gemeinsam, sooft sie können.

»Von 19 Uhr bis 10 Uhr morgens, das sind 15 Stunden zusammen, oder 900 Minuten, um unsere Ressourcen an Freude zu erschöpfen. Reicht das aus, wenn man bedenkt, dass
wir Sprudelwasser trinken müssen,
wir Schokolade essen müssen,
du glucksen musst,
du mir von den sexuellen Fehlschlägen deiner Freundinnen erzählen musst,
ich dir mein Leben erzählen muss,
ich auf der zarten Haut deiner Brüste einschlafen muss?«

Sie kommen auf Erotik zu sprechen ...
Sie fragt ihn: »Was ist Erotik?«
Er antwortet: »Erotik, das sind du und ich ...«

Und dann sind da die Nächte, die sie nicht gemeinsam verbringen.
Sie fühlt die Dringlichkeit. Sie weiß, dass es so nicht weitergehen kann. Sie weiß, dass er sich für seine Tochter entscheiden wird, seine Frau, seine Ehe, Ruhe, Sicherheit, die gesellschaftlichen Normen. Sie spürt, dass er nicht die Kraft haben wird, alles über Bord zu werfen, sich ein anderes Leben vorzustellen.

Ein Abend, er liegt schon eine Weile zurück, ist ihr in Erinnerung geblieben; sie fuhren im Auto nach Hause, sie sagte lachend: »Ich weiß, wie das enden wird. Du wirst bei deiner Frau und deiner Tochter in deiner hübschen Wohnung bleiben. Und ich werde alles verlieren.«

Er fragte sie, warum sie das sage, mit feuchten Augen. Sie sage dies, weil sie nicht an Märchen glaube.

Auch wenn sie immer über ihre Zukunft sprechen, über

ihr gemeinsames Leben, über ihre komplett weiße Wohnung. Sie spricht öfter darüber als er, doch auch er spricht darüber.

Er schreibt:
»Ich habe dir zehn Mails geschrieben. Keine Antwort.
Spielst du Solitär?
Denkst du an mich?
Recherchierst du zu Scheidungen?
Bist du sauer?
Langweilst du dich?
Telefonierst du mit Arlette Chabot?
Ich arbeite und denke dabei an deine Küsse von heute morgen.«

Immer noch keine Antwort.

Eine weitere Mail.
»Nein, ich weiß jetzt, was du machst.
du klapperst die Maklerbüros ab...«

Sie antwortet:
»In welchem Arrondissement fange ich an?«

Er antwortet:
»Mit dem 6., in den kleinen Straßen zwischen der Place Saint-Sulpice und der Rue de Vaugirard, oder im 5., Rue de Bièvre. Wenn möglich eine große Wohnung, hell und ruhig. Aber wenn du eine Maisonette-Wohnung mit Terrasse ohne Vis-à-vis in der Gegend des Jardin du Palais Royal für unter 400 000 Euro findest, soll mir das auch recht sein...«

Wenige Tage später sitzen sie im Auto, sie fragt: »Also, wann ziehen wir um?« Er antwortet: »Warum fragst du nicht gleich, wann ich meine Tochter zurücklasse?«

Sie setzt ihn wortlos an der Metrostation Porte Maillot ab. Ihr tut alles weh. Sie ist gerade im Büro angekommen, da klingelt schon ihr Telefon. Sie geht nicht ran. Antwortet nicht auf seine Mails. Auch nicht auf die SMS. Antwortet auf nichts, niemandem. Sie braucht einige Zeit, um den Schlag wegzustecken.

Sie empfängt:
Betreff: Ich weiß

»Ich weiß, dass du mir nicht schreiben willst.
Ich weiß, dass du unsere Situation für absurd hältst, frustrierend, unerträglich.
Ich weiß, dass wir uns mit 40 Minuten Liebe und 10 SMS pro Tag nicht zufriedengeben können.
Ich weiß, dass der Gedanke, dich das kommende Wochenende nur flüchtig zu sehen, einfach unerträglich ist.
Ich weiß das alles und ich weiß nicht, was ich sagen soll...
Außer, dass ich 28 bin und mich vor dem fürchte, was mir geschieht.
Außer, dass du mein Leben so sehr auf den Kopf gestellt hast, dass ich nicht mehr fühle, dass ich existiere.
Außer, dass du mir schrecklich fehlst.«

Sie antwortet immer noch nicht.

Sie empfängt:
Betreff: HILFE!

»Ich weiß auch, dass du mir nicht antworten wirst …
… UND DASS DAS NICHT GEHT!«

Es ist der 22. April.

27.

Das Wochenende war die Hölle.

Sie mussten sich sehen. Sie haben sich nicht gesehen. Sie hat gewartet. Auf eine SMS, einen Anruf. Verzweifelt gewartet. Sie hat ihn mit seiner Frau ausgehen sehen. Kraftlos auf dem Sofa liegend, sah sie sie vorbeigehen.

Als sie am Montagmorgen ins Büro kommt, ist sie ein Häuflein Elend. Sie will mit niemandem reden. Die anderen verstehen, dass man sie besser in Ruhe lässt. Sie kann nicht mehr.

Er ruft an. Sie hört das Telefon unablässig vibrieren. Sie will nicht mit ihm sprechen, sie will nicht mehr mit ihm sprechen, sie hasst ihn. Ihr tut wieder alles weh. Sie will gar nichts mehr.

Nur, dass es aufhört. Dass dieser Schmerz aufhört. Sie haben sich seit dem Nachmittag, an dem er so geweint hat, nicht mehr verlassen. Das liegt schon so lange zurück.

Er schreibt:
Betreff: Wochenbeginn
»Verlängern wir die Hölle des Wochenendes oder setzen wir dem ein Ende?«

Sie antwortet, dass sie nicht der Hölle des Wochenendes, wohl aber ihrer Geschichte ein Ende setzen wird. Weil ihre

Geschichte zur Hölle geworden ist. Sie setzt der Hölle ein Ende.

Er antwortet:
»*Verlass mich, denn ich schaffe es nicht zu gehen und du kannst nicht bleiben.*
Am 23. Februar habe ich dich in dem Wissen geküsst, dass auf diesen Kuss Schmerz für beide Seiten folgen würde. Und dann haben mich all die anderen Küsse, die anderen glücklichen Momente es vergessen lassen.
Du hast in mir Gefühle geweckt, die zu stark sind, als dass ich dich vergessen könnte,
zu verwirrend, als dass ich meine Familie derzeit verlassen könnte.
Verzeih mir.«

Sie rufen sich den ganzen Tag nicht an, schreiben sich den ganzen Abend nicht.
 Leben tun sie auch nicht. Jede Minute denken sie an den anderen, der Schmerz erscheint ihnen unerträglich, das Gefühl der Leere ist kaum auszuhalten. In jener Nacht finden sie nur wenig Schlaf.
Am nächsten Morgen begegnen sie sich auf dem Bürgersteig. Sie fallen sich in die Arme. Sie sagen, dass es vergeblich sei, sich dagegen zu wehren.
Sie gehen auf der Avenue de la Grande Armée frühstücken.

Ein paar Stunden später schreibt sie ihm:
»*Du hast mich verzaubert.*
Ich kann dich nicht sehen, ohne dich in die Arme zu nehmen,

ohne dich an mich zu ziehen, bis du keine Luft mehr bekommst,
ohne dich zu küssen, bis dir die Luft wegbleibt,
ohne dir durchs Haar zu streichen.
Ich bekomme erst wieder Luft, wenn ich endlich bei dir bin. Als würde ich mit angehaltenem Atem leben und mich plötzlich jemand mit Sauerstoff aufputschen.
Das Zusammensein mit dir ist so süß, so schön, es bedeutet einfach alles für mich.
Ich kann dich noch weniger verlassen als bleiben.«

Er antwortet:
Betreff: Es geht mir so viel besser ...
»Ich denke nur an dich, an deine unendlich sanften Küsse, an deine Beine unter dem hochgeschobenen Rock ... Es ist, als hätte ich seit einem Monat nicht mehr mit dir geschlafen ...«

Es ist der 11. Mai.

28.

Das Wetter ändert sich, ihr Leben nicht. Sie treffen sich weiter heimlich, er verbringt seine Abende immer noch bei ihr. Sie passt oft auf seine Tochter auf. Sie liebt dieses Kind mehr als es vernünftig wäre, es ist die Tochter des Mannes, den sie liebt, und sie liebt sie, als sei sie er selbst. Sie passt ganze Tage und Nachmittage auf sie auf. Sie haben einen guten Draht zueinander, sie findet heraus, dass sie eine klasse Mama wäre, dass sie eine Engelsgeduld hat, obwohl sie eigentlich sicher war, keine zu haben.

Sie sehen sich weiterhin am Wochenende, gehen zusammen einkaufen, wenn die Hausgemeinschaft spontan zum Brunch zusammenkommt, sie nutzen jede Gelegenheit, um sich in den Hauseingängen des Viertels zu küssen.

Ihr Leben besteht aus dem Traum von der Abwesenheit der Anderen, die ihnen ermöglicht, dem Leben ein paar Nächte abzuringen.

Der Mai neigt sich dem Ende zu, sie wird aufhören zu arbeiten, die Ferienzeit, die sie nicht zusammen verbringen werden, rückt näher.

Er wird bald seine neue Stelle antreten, sie wird bald kein Büro mehr haben, aus dem sie sich stehlen kann. Sie fühlt das Ende einer Ära nahen, ihr ist noch nie so sehr danach gewesen, alles hinzuschmeißen, er hat noch nie so stark gezweifelt.

Sie schreibt:
»*1. Wann wechselst du die Arbeitsstelle?*
2. Wann wirst du Mitglied der UMP?
3. Wann ziehst du aus?
4. Wann heiratest du mich?
5. Ich finde dich toll.«

Er antwortet:
»*1. Im Laufe des Juni.*
2. Niemals (da werde ich noch eher Mitglied bei der Linken).
3. Sobald ich eine Wohnung in der Nähe des Palais Royal mit Terrasse und schallisolierten Schlafzimmern gefunden habe.
4. Eines Tages (der noch nicht feststeht).
5. Ach, wirklich?«

Sein Geburtstag steht bevor, sie überlegt, was sie ihm schenken könnte, was er mit nach Hause nehmen kann. Sie entscheidet sich für Bücher. Stundenlang sucht sie nach Büchern über Umweltrecht, da er sich in dem Bereich spezialisieren will. Sie reserviert einen Tisch auf einer der schönsten Restaurantterrassen von Paris, gegenüber des Eiffelturms. Offiziell ist er am Abend seines Geburtstags auf Geschäftsreise, offiziell ist sie übers Wochenende zu Freunden gefahren.

Sie treffen sich in einem Café, laufen Freunden von ihm über den Weg... Sie wissen es schon. So viele wissen es inzwischen. Sie gehen essen. Sie sehen sich nun seit drei Monaten, und nichts hat sich verändert. Sie sind immer noch überwältigt voneinander. Die Nacht endet in einem Zimmer des Hotel Lutetia. Geheime Rendezvous sind immer romantisch.

Sie verbringen eine weitere Nacht damit, sich zu lieben, während bereits sommerliche Temperaturen herrschen.

Eine Nacht, die ein Vorgeschmack auf das ist, was sie bald darauf mehrere Nächte in Folge erleben werden. Ihr Freund ist mal wieder am anderen Ende der Welt, seine Frau im Urlaub in den USA. Vor ihnen liegen acht Tage. Acht Tage und acht Nächte, in denen sie nichts und niemand stören kann. Eine Ewigkeit.

Sie kosten die erträumten Stunden aus, als ob sie spüren, dass danach nichts mehr so sein wird wie zuvor. Mit einem Beigeschmack von Verzweiflung. Sie geben sich rückhaltlos dieser Illusion eines anderen Lebens hin... Nach dieser Woche würden die Komplikationen, die Konflikte, die Wut, die Reue, die Vorwürfe zurückkehren. Nur nicht daran denken. Die Wirklichkeit vergessen.

Acht Tage lang leben sie zusammen, alle drei, er, sie und die Kleine, acht Tage wie in dem perfekten Leben, das sie sich so oft vorgestellt haben. Sie kocht einfache Gerichte, er setzt sich ans Klavier, sie erzählt dem Kind, das regelrecht an ihr klebt, Geschichten. Er sieht, wie sie lachen, die beiden Frauen seines Lebens. Sie setzt ihnen provenzalisches Gemüsegratin vor, wie bei ihr zuhause im Süden, er entdeckt, dass seine Tochter Auberginen mag. Sie holt die Kleine morgens zu ihnen ins Bett, in die von einer weiteren Liebesnacht noch warmen Laken.

Sie nehmen sich einen Babysitter, um den Abend bei

Freunden zu verbringen, schleichen sich kichernd und auf Zehenspitzen ins Bett, um sie nicht aufzuwecken. Sie vergessen, dass dies alles nicht von Dauer ist. Sie glauben daran. Endlich führen sie ein normales Leben.

Er schreibt:
»Warum verbinden sich unsere Lippen so leicht?
Warum erscheint es uns so natürlich und vital, miteinander zu schlafen?
Warum ist deine Haut zu berühren das Einzige, was ich will?
Warum kennst du meine Sehnsüchte so gut?
Warum gibt es mir so viel, dich zum Höhepunkt zu bringen?

Warum versiegt die Zuneigung nicht?

Wie konnten sich diese Schichten natürlicher Verbundenheit in 90 Tagen so aufstapeln, dass sie uns nun ganz bedecken?«

Die Woche vergeht viel zu schnell. Seine Frau ist beunruhigt. Sie ruft oft, viel zu oft an. Sie schickt Mails, in denen sie schreibt, dass es ihr nicht gut gehe. Sie spürt endlich, dass ihr Mann dabei ist, sich zu entfernen, dass er bereits woanders ist.

Ihm ist das egal, ihr auch. Sie denken nur daran, diese acht Tage auszukosten, die ihnen allein gehören. Seine Frau wird am Sonntag nach Hause kommen. Am Samstagabend sind sie bei Freunden zum Essen eingeladen. Sie tauchen dort Hand in Hand auf, für die anderen ganz banal, doch für sie etwas Außergewöhnliches. Sie bleiben beieinander, legen Tarot-Karten, ziehen sich gegenseitig auf, denken nicht nach, wollen auf keinen Fall nachdenken, denn sie wissen, dass sie sonst in Tränen ausbrechen, sie zählen insgeheim die verbleibenden Stunden, ohne es dem anderen zu sagen, der seinerseits die Stunden zählt, ohne verhindern zu können, dass sie vergehen. Sie würden gern sämtliche Uhren von Paris anhalten.

Es ist ein Uhr morgens. Sie gehen auf eine Party, die Zeit verrinnt so schnell, dass ihnen schwindelig wird. Es ist vier Uhr morgens. Seine Frau kommt um sieben Uhr an. Sie fahren nach Hause, wechseln auf dem Rückweg kein Wort. Es gibt nichts zu sagen.

Sie schlafen seit acht Nächten in einem Bett. Sie will, dass er noch länger bleibt, sie will die letzten Stunden, die ihnen bleiben, auskosten. Er möchte lieber nach oben gehen. Allein schlafen. Sich schon auf sein voriges Leben einstellen.

Sie bleibt im Erdgeschoss, er geht in den Zweiten. Sie werden keinen Schlaf finden, jeder für sich.

Ein paar Stunden später hört sie, wie seine Frau nach Hause kommt. Sie hört nicht, dass sie zu ihrem Mann sagt, dass etwas nicht stimmt, sie hört nicht, wie sie ihrem Mann sagt, dass sie einen Tag früher habe nach Hause kommen wollen. Sie hört nicht, wie sie erklärt, dass sie es nicht getan habe, weil sie sicher gewesen sei, die Frau von unten in seinem Bett zu finden.

Sie hört nicht, wie er schweigt, der Lügen überdrüssig.

Sie hört nicht, wie der Sturm vorbeizieht.

Sie hört nichts.

Sie weint.

Ein Kapitel endet.

Es ist der 11. Juni.

29.

Nichts wird geschrieben. Nichts wird gesagt. Nichts ist klar. Und doch ist es zweifellos der Moment, in dem sie anfangen, sich zu verlassen. Zunächst, weil ihr Leben sich wandelt, weil die äußeren Veränderungen in ihrem Leben sie trennen. Vielleicht auch, weil sie erschöpft sind.

Er verbringt erneut ein paar Tage bei ihr. Offiziell ist er in Grenoble, arbeiten. Seit Monaten ist das Glück auf ihrer Seite, niemand hat sie gesehen. Wer sie gesehen hat, hat nichts gesagt.

An dem Tag sieht sie das Kindermädchen. Sie sagt etwas. Es ist das Erste, was sie seiner Frau sagt, als diese am Abend heimkommt. Sie erwähnt beiläufig, dass sie am Nachmittag ihren Mann aus der Wohnung der Nachbarin habe kommen sehen.

Sie hören das Handy im Erdgeschoss vibrieren und wieder vibrieren.

Sie sind im Untergeschoss. Er denkt an alles Mögliche, nur nicht an sein Handy, das in der Ferne klingelt. Sie kommen – er nennt sie eine Hexe, mit einem verliebten Lächeln – sie kommen auf die Erde zurück, er erinnert sich vage daran, sein Handy gehört zu haben, vielleicht sogar mehrmals.

Auf dem Bildschirm werden dreizehn Anrufe in Abwesenheit angezeigt. Und Nachrichten. Nachrichten einer panischen Frau, der auf grausame Weise ein Licht aufgeht. Nachrichten einer Frau, die endlich wissen will, was sie seit Monaten ahnt. Nachrichten einer verletzten Frau, die ankündigt, dass sie, wenn er sie nicht zurückrufe, runterkommen und die Antworten auf ihre Fragen bei der Nachbarin aus dem Erdgeschoss suchen wird.

Sie sind unten. Sie geht leise nach oben und dreht für alle Fälle den Türschlüssel herum. Er sitzt auf dem Bett, den Kopf zwischen den Händen, er weiß nicht mehr, was er machen soll. Er hat nicht mehr die Kraft, sie zurückzurufen, nicht mehr die Kraft, sie anzulügen. Er ist fast bereit, ihr alles zu sagen. Sie hat Angst davor, dass er es nicht tut, um seine Frau zu verlassen, sondern um sie zu verlassen. Um keine Wahl mehr zu haben. Eine Flucht nach vorn, damit die anderen für ihn entscheiden, weil er selbst dazu nicht fähig ist. Sie hat von diesem Augenblick geträumt, doch nun gerät sie in Panik. Sie hat immer gewusst, dass sie aufhören würden sich zu sehen, wenn er gezwungen wäre, sich zu entscheiden. Also rät sie ihm, zu warten, noch einmal zu lügen. Er hört auf sie. Sie hat den Krieg nicht gewonnen, aber einen Aufschub erhalten.

Er ruft seine Frau zurück, erzählt ihr eine haarsträubende Geschichte von einem verpassten Zug, verlorenen Schlüsseln, dringend zu führenden Telefongesprächen. Eine unglaubliche Geschichte, die sie unbedingt glauben will. Sie flüstert trotzdem, dass sie ihn verändert finde, dass sie fühle, wie er sich entferne. Er räumt ein, dass er mit seinen Gedanken zurzeit ein wenig woanders ist, dass nicht alles perfekt läuft in ihrer Ehe, dass sie so selten miteinander schlafen. Sie weint, er beruhigt sie mattherzig. Der Sturm ist vorübergezogen.

Sie werden den ganzen Abend eingeschlossen bleiben.

Am nächsten Tag kommen sie aus dem Kino. Sie haben »*Mariages!*« gesehen, so etwas kann man nicht erfinden. Er hat über die Paare gelacht, die zusammenbleiben, ohne sich zu lieben, über die Paare, die den einfachen Weg wählen. Er hat nicht mehr gelacht, als eine erschöpfte Geliebte ihrem Liebhaber erklärte, dass man zum Glücklichsein Mut braucht.

Deshalb entscheidet er sich, sie zu verlassen. Er beschließt, bei seiner Frau zu bleiben, von der er sagt, dass er sie nicht mehr liebt. Für seine Tochter. Unter anderem, glaubt sie, aus Bequemlichkeit.

Zum ersten Mal ist er es, der sie verlässt. Das ist der einzige Unterschied zu ihren ersten, gescheiterten Versuchen. Sie verbringen das Wochenende gemeinsam, als gute Freunde, weil ihr Freund und seine Frau einen Grillabend organisiert haben, ohne es ihnen zu sagen. Sie verbringen das Wochenende damit, sich anzusehen.

Am Montagnachmittag holt sie ihn vom Büro ab. Sie verbringen den Nachmittag damit, sich zu lieben und über ihre Unfähigkeit zu lachen, sich zu verlassen.

Es war nur eine Trennung mehr.

30.

Alles bleibt wie gehabt, und doch spürt sie, dass er sich verändert. Das Glück scheint ihr endlich gewogen. Er beginnt, laut von einem Leben mit ihr zu träumen. Sie ertappt sich dabei, zu glauben, dass es vielleicht möglich ist, dass er am Ende, entgegen aller Erwartung, tatsächlich sein gewohntes Leben hinter sich lässt, um ein anderes, schöneres mit ihr aufzubauen. Seine Frau hat gekündigt. Sie will ihre eigene Consulting-Firma gründen. Er erklärt ihr, dass das vielleicht eine Chance bedeutet, dass sie, sofern sie es täte, nicht mit ihrer Tochter weggehen wird, wenn er sie verlässt. Er bittet sie, geduldig zu sein, abzuwarten bis Ende August.

Zum ersten Mal sagt er, dass er seine Frau verlassen wird, er sagt, dass er sich in fünf Jahren mit ihr sieht, mit einem Kind von ihr... Sie denkt, dass sie das auf keinen Fall glauben darf. Doch sie will so sehr daran glauben.

Der Juli ist schön, die Stadt ist schön, es ist Ferienzeit. Sie haben alles daran gesetzt, nicht wegzufahren. Sie hat die Arbeitssuche vorgeschoben, er die Unmöglichkeit, in seiner neuen Kanzlei jetzt bereits Urlaub zu nehmen. Sie haben Schadensbegrenzung betrieben. Ein paar Tage fährt sie dennoch mit ihrem Freund nach London. Ein paar unerträgliche Tage. Sie rufen sich ständig an, schreiben sich SMS. Er fährt mit seiner Frau einige Tage in den Südwesten Frankreichs. Sie rufen sich immer wieder an, streiten sich oft. Es fällt ihnen immer schwerer, mit der Distanz umzugehen.

Ende Juli fängt sie wieder an, zu arbeiten. Sie kann immer wieder Ausreden erfinden, um sich davonzustehlen, er schützt Geschäftsreisen vor.

Sie entdecken den Charme der kleinen Pariser Hotels, die versteckt in der Nähe des Jardin du Luxembourg liegen und ihren feuchten Liebesnächten Unterschlupf bieten. Sie lieben sich immer noch so oft, sie entdecken Restaurants mit abgeschirmter Terrasse, wo man mit dem Liebsten gut essen gehen kann. Unter ihren Röcken ist sie nackt, damit er sie überall streicheln kann.

Sie sehen sich immer öfter am Wochenende. Sie richten sich in der leeren Wohnung seiner Eltern ein, die den Sommer am Meer verbringen, halten Mittagsschlaf in seinem alten Kinderzimmer. Sie rufen sich zwölfmal am Tag an. Die Feste im Hof ihres Wohnhauses werden jeden Abend länger, sie können sich nicht dazu durchringen, schlafen zu gehen, sich zu trennen.

Sie spielen Tennis, genießen den Sommer. Hand in Hand streifen sie durch die Straßen von Paris. Lieben sich auf öffentlichen Parkbänken.

Der Juli geht zuende, der August ist da. Bald sechs Monate. Er hat sie gebeten, bis Ende August zu warten, sie sieht die Zeit ablaufen, fühlt die Angst in sich aufsteigen. Manchmal ist sie sich sicher, dass er ihr folgen wird; manchmal ist sie sich sicher, dass er bleiben wird. Dann hält sie es auf einmal nicht mehr aus.

Sie weiß nicht mehr genau, was der Auslöser war.

Sie erinnert sich, dass alles in Ordnung war, dass sie sich seit dem Morgen verliebte Mails geschickt hatten. Sie erinnert sich, dass sie nach und nach auf Konfrontationskurs ging, es auf Streit anlegte. Dass die Mails immer weniger zärtlich wurden, immer bitterer. Sie schrieb ihm, dass sie Sehnsucht nach ihm habe. Dass sie nicht mehr klammheimlich Liebe machen wolle. Sie erinnert sich, dass sie ihn im Büro abholen sollte, um ihn nach Hause mitzunehmen. Dass sie ihm sagte, dass er sie mal könne, dass er ja die Metro nehmen, das Tennis absagen könne, dass er ja ihr gemeinsames Leben absagen könne. Sie erinnert sich daran, dass sie ihn hasste. Dass sie ihn am liebsten geschlagen hätte. Dass sechs Monate unterdrückter Gewalt aus ihr herausbrachen.

Er antwortete:
»Ich liebe dich seit sechs Monaten. Seit sechs Monaten kämpfe ich darum, dich nicht zu verlassen, weil ich dich liebe. Seit sechs Monaten kann ich meine Tochter nicht verlassen. Ich weiß nicht, wie andere Väter es anstellen, ihre Kinder zu verlassen. Am 23. Februar wusste ich, dass wir auf eine Mauer zurasen. Seitdem versuche ich diese Mauer zu vergessen. Aber heute kann ich es nicht mehr. Ich kann dich nicht verlassen.
Also verlass du mich.
Ich liebe dich wie verrückt.«

Sie antwortete nicht. Sie rief ihn nicht an.

Ein paar Stunden später ist sie in ihrer Wohnung. Ihr Freund kommt nach Hause. Und sie begreift, dass dies das Ende ist. Sie wird beide verlassen, am gleichen Tag. Sie wird sich befreien, wieder zu sich selbst finden. Sie sagt zu ihm, dass sie so nicht mehr weitermachen kann, dass sie auf nichts mehr Lust hat, dass sie auf ihn keine Lust mehr hat. Sie weint, als er weint, sie weint um eine vierjährige Liebe, die nun zerstört ist. Zertrampelt, weggewischt. Sie weint um diese Liebe, die einmal so schön war. Um ihre abgesagte Hochzeit, um das nur für so kurze Zeit erwünschte Wunschkind. Um das Leben, das sie sich zu zweit aufgebaut haben und das sie für nichts über den Haufen werfen will. Sie sagt, dass sie Zeit zum Nachdenken braucht, um Bilanz zu ziehen. Im Grunde, das weiß sie, gibt es nichts mehr zu sagen, es ist zu spät. Sie weiß, dass ihre Beziehung zerstört ist.

Von ihren beiden Männern hat sie nur noch einen. Sie weint um das süße Leben, das sie verspielt hat. Sie weint, weil sie ihm wehtun muss, diesem perfekten Mann, den sie mal geliebt hat, dem sie nichts vorzuwerfen hat. Ihm, der es wirklich nicht verdient hat, zu leiden. Der so anständig und ehrlich ist. Der es einfach nicht verstehen kann.

Er sagt, dass sie die Frau seines Lebens sei. Sie liebt ihn nicht mehr. Es wäre einfach zu bleiben, sich trösten zu lassen, nach und nach diese verrückte Geschichte zu vergessen, die nirgendwohin geführt hat. Und doch weiß sie, dass sie gehen wird. Sie weiß, dass sie nicht mehr so tun kann als ob, sie kann ihn nicht mehr belügen. Sie hat nur das dringende, existenzielle Bedürfnis, sich zu sammeln, nicht mehr zu leiden, durchzuatmen, aufzuatmen. Bevor sie sich ihr Leben ausmalt. Später.

Die Sache läuft erst seit sechs Monaten. Sechs Monate. Und sie wird nie wissen, warum sie es genau an dem Tag nicht mehr aushält. Und nicht am Tag zuvor oder danach. Sie handelt, ohne nachzudenken, ohne den eigentlichen Grund zu kennen. Als ob sie eine Grenze erreicht hätte. Als ob sie nicht einen Tag länger ertragen könnte, was sie seit sechs Monaten erträgt.

Ihr Freund geht an die frische Luft.

Sie steht im Innenhof, das Gesicht vom Weinen verquollen, raucht eine Kippe nach der anderen, trinkt ein Glas nach dem anderen. Sie sieht ihn mit gesenktem Blick vorbeigehen. Sie ruft nach ihm, er tritt näher. Sie teilt ihm mit, dass sie ihren Freund verlassen hat, er sagt, dass er es gespürt hat, ohne erklären zu können warum, dass er einfach gespürt hat, dass etwas vor sich ging. Sie fordert ihn auf, sie ihn den Arm zu nehmen. Er rührt sich nicht.

Das Leben ist manchmal unglaublich grausam. Es ist sicher das erste Mal, dass sie ihn braucht, das erste Mal, dass sie ihm sagt, dass sie ihn braucht. Und er rührt sich nicht. Als ob ihr Kummer ihm zeigte, was er gerade noch vermeiden konnte. Als habe er Angst, dass Kummer ansteckend ist, als ob er auf einmal sicher weiß, dass er das nicht erleben will. Diese Tränen, die er über ihr Gesicht laufen sieht, um jeden Preis verhindern will. Als er sie am Boden zerstört sieht, wird ihm klar, dass er das Schlimmste verhindern konnte. Er möchte seufzen vor Erleichterung.

Schließlich kommt er doch näher. Zieht sie an sich, wider Willen. Er sagt, dass es dieses Mal wirklich vorbei ist. Als ob er sich selbst davon überzeugen will. Als ob er sie wegschieben will, sie und ihr von Kummer, Angst und Schmerz verzerrtes Gesicht. Er nimmt sie in den Arm, dann lässt er sie stehen. Er geht hoch in den Zweiten, will am liebsten rennen, um seine Haut zu retten.

Sie bleibt allein zurück, raucht eine Kippe nach der anderen, trinkt weiter ein Glas nach dem anderen. In ihrem Kopf nur ein schwarzes, gähnendes Loch. Panische Angst vor dem Unbekannten, das ihr bevorsteht. Sie hatte sich sechs Monate gegeben. Sie kennt sich selbst gut. Sie wird noch daran zugrunde gehen.

Es ist Montag, der 16. August.

31.

Doch die Höllenfahrt geht erst los.

Am nächsten Tag packt sie ein paar Sachen und zieht zu Freunden. Sie muss durchatmen, Bilanz ziehen, überlegen, was sie mit ihrem Leben anstellen will. Sie ist am Ende, arbeitet ohne nachzudenken. Sie versucht, allen weiszumachen, sie habe die Lage im Griff. Doch sie fühlt sich leer. Zerbrochen, zertrampelt, ihre Träume, ihre Gefühle, nichts ist mehr da.

Ihr Freund benötigt nur ein paar Stunden, um in ihren E-Mail-Eingang zu schauen und die Nachrichten des anderen zu finden, um den wahren Grund ihrer Entscheidung herauszufinden. Um zu begreifen, dass die Frau, die er liebt, ihn seit sechs Monaten direkt vor seiner Nase betrügt, und er nichts davon bemerkt hat. Um zu begreifen, dass es nicht nur um Sex geht, sondern um Liebe. Eine Liebesgeschichte, die direkt neben ihm erzählt wurde, ohne dass er sie gehört hat.

Er begreift, dass er es viele Male geahnt hat, ohne es wirklich wissen zu wollen. Er erinnert sich an die dutzenden Male, als sie SMS empfing und so wirkte, als wäre nichts, als sie SMS verschickte, in dem Glauben, dass niemand sie sieht.

Er hatte geschwiegen, war sich so sicher gewesen, dass er sich irrte.

Er versteht es nicht. Sie wusste, dass er nicht verstehen würde, dass man nicht alles kontrollieren kann, dass es Begegnungen gibt, die alles verändern, Sehnsüchte, die man nur ertragen kann. Ohne sie bekämpfen zu können.

Es folgen die Fragen, auf die es keine Antworten gibt. Antworten, die er braucht, um zu verstehen, und die sie ihm nicht geben kann, ohne ihn noch mehr zu verletzen, ihn, der ohnehin nur noch leidet. Er fragt, was der andere ihm voraushabe. Wie soll man das Unerklärliche erklären. Ob er besser im Bett sei. Wie soll man das Unvergleichliche vergleichen.

Er bittet sie um eine zweite Chance, er, der verletzte, verratene Mann, erneut bereit zu vergeben. Überzeugt, dass sie ihre Beziehung reparieren können, dass es kompliziert, langwierig, schmerzhaft wäre, aber dass sie es schaffen können. Er glaubt daran, trotz allem. Sie aber nicht.

Sie sieht ihre große Liebe wieder. Ihre Tränen sind kaum getrocknet, da sieht sie ihn schon wieder. Seine Frau ist in England. Ihr Freund am Boden zerstört. Und sie verbringen wieder die Nacht zusammen, stellen einmal mehr diese unglaubliche Fähigkeit unter Beweis, den Rest der Welt zu vergessen. Sie weiß nun, dass er nie gehen wird. Doch sie will noch ein bisschen was von ihm haben, solange er noch ihr gehört, solange er noch da ist. Sie ist wie auf Drogen. Sie ist nicht in der Lage, es sein zu lassen, nicht in der Lage die Versprechen einzuhalten, die sie sich selbst gibt, wenn sie am Ende ist. Sie weiß, dass er so viel Liebe nicht verdient hat, sie weiß, dass er es ablehnen müsste, sie zu sehen, da er entschieden hat, sein Leben ohne sie zu leben, sie weiß, dass er schrecklich egoistisch ist, dass er sie, wenn er sie wirklich lieben würde, verließe, damit sie ihr Leben weiterführen kann. Seine Frau soll am nächsten Tag zurückkommen. Sie verbringen einen letzten Abend zusammen, eine letzte Nacht. Sie haben Champagner, Lachs, Kerzen besorgt.

Am Morgen steht sie auf. Sie muss mit allem von vorne beginnen. Er lässt sie gehen.

Wenige Stunden später kommt seine Frau nach Hause. Drei Tage lang sagt er nichts, bringt nicht das kleinste Wort heraus. Eingemauert in seinen Schmerz. Sie erfährt, dass die Frau von unten ihren Freund verlassen hat, die Zweifel lassen sie nicht los. Sie wartet, er sagt immer noch nichts. Er schaut aus dem Fenster, den Blick ins Leere gerichtet.

Es vergehen einige Tage. Sie spürt es, will es aber nicht sehen. Und geht dann doch hinunter ins Erdgeschoss. Sie spricht mit dem verletzten Mann, der in ihrer Erinnerung so glücklich war. Sie erzählt, dass ihr Mann seit drei Tagen verstummt sei, dass sie spüre, dass etwas vor sich gehe, fragt ihn, ob er etwas wisse. Und er erzählt. Alles. Er zeigt ihr die Mails, in denen ihr Mann einer anderen Frau schreibt, dass er sie seit sechs Monaten liebt wie verrückt, dass er schon längst gegangen wäre, wenn da nicht seine Tochter wäre. Sie liest die Mails, in denen der Mann, den sie kaum zwei Jahre zuvor geheiratet hat, einer anderen Frau mitteilt, wie groß seine Sehnsucht nach ihr ist, wie dringend er sie sehen muss, sie fühlen, berühren muss. Tief im Inneren, das ist ihr bewusst, wusste sie es schon.

Sie verbringen den Nachmittag zusammen, der verlassene Mann und die betrogene Frau. Ein Nachmittag, um Erinnerungen abzugleichen, Wochenenden, an denen sie allein waren, Lügen, die einem ins Gesicht springen, wenn man schließlich Bescheid weiß. Sie verbringen den Nachmittag damit, von ihren Zweifeln zu sprechen, auf die beiden zu schimpfen, die sie betrogen haben, die sie geliebt haben. Sie zu hassen, obwohl sie in Wahrheit große Angst haben, dass sie gehen werden.

Sie ruft ihren Mann an, sagt, dass sie ihn im Leben nie wieder sehen will. Sie sagt, dass sie zwei Tickets für den nächsten Flug nach New York gekauft hat. Er hatte recht. Sie verlässt ihn mit ihrer Tochter.

Er schreibt:
»Voilà, der Himmel ist eingestürzt.«

Es ist der 24. August.

32.

Die Höllenfahrt geht weiter.

Die darauffolgenden Tage bestehen aus Wutausbrüchen, Tränen, endlosen Telefongesprächen zwischen den einen und den anderen, Hysterie, Schluchzen und Groll. Seine Frau ist natürlich nicht geflogen. Sie will nur eines, ihren Mann behalten, ihm glauben, wenn er ihr sagt, dass er kurzzeitig den Verstand verloren habe, dass er nicht wisse, was ihn da geritten habe.

Er schwört, dass sie das wieder hinbekommen, wieder zueinander finden können, sich lieben, dass er sie doch immer geliebt habe, er, der gesagt hat, dass er sie nicht mehr liebt. Er ist starr vor Angst, dass sie mit ihrer Tochter weggehen könnte. Er ist bereit, alles zu tun, alles totzutrampeln, alles abzustreiten. Und er streitet es ab.

Er versetzt derjenigen, die er angeblich liebt, den letzten Stoß, um seine Haut zu retten. Vor ihm seine Frau, die ihn anschaut und erwartet, dass er das Telefon nimmt, die Frau anruft, die bis letzte Woche seine Geliebte war, und nebenbei die Liebe seines Lebens. Er sagt ihr, dass er jede Minute in ihren Armen bereue. Er ist sich sicher, dass seine Frau in der Nähe ist, dass sie jedes Wort hört. Sie verschließt die Ohren, um das nicht hören zu müssen, um sich nicht daran zu erinnern, sagt sich immer wieder, dass es nicht wahr ist, dass sie es besser weiß, dass nichts und niemand sie vom Gegenteil überzeugen kann. Sie verschließt ihre Ohren, um nicht zu sterben, um zu vergessen, dass er bereit ist, sie zu vernichten, um sein eigenes Leben zu retten.

Am nächsten Tag empfängt sie:
»Ich werde nie vergessen, was wir erlebt und gefühlt haben. Ich werde nie vergessen, mit welcher Kraft wir uns geliebt haben. Ich werde dich nie vergessen. Ich wünsche dir ein schönes, angenehmes Leben, meine Liebste.«

Nichts ist mehr von Bedeutung.
Aber er wird weitermachen. Im Takt seiner Ehekrisen. Im Takt der Rachegelüste seiner Frau wird er die eine zerschmettern, um die andere zu beruhigen. Sie sagt sich immer wieder, dass es ihr egal ist. Alles tut weh. Sie ist unruhig, hat Angst vor dem Unbekannten, dem Unumkehrbaren, sie hat keinen Mann mehr in ihrem Leben, keine Arbeit, keine Wohnung mehr. Sie hat nicht einmal mehr die Kraft durchzudrehen. Sie erhält eine weitere Mail, wieder diese Reue, bitter, grausam... die aber nie lange währt.

Am nächsten Tag empfängt sie:
»Die Mail, die ich dir gestern geschrieben habe, ist Wahnsinn: Du bist das Schönste, was mir je passiert ist.«
Es ist ihr egal. Das einzige, was zählt, ist, dass er sie verlassen hat. Sie versucht, an sich selbst zu denken, nur an sich selbst, und sie denkt nur an ihn. Sie weiß, dass sie das neue

Leben, das die Hand nach ihr ausstreckt, angehen muss, das Loft, das sie so geliebt hat, verkaufen muss, ihren Freund, den sie so geliebt hat, endgültig verlassen muss. Dieses ihr wohlvertraute Leben für ein anderes, gänzlich unbekanntes hinter sich lassen. Sie hat schreckliche Angst, das Falsche zu tun.

Sie hat eine Verabredung mit ihrem Freund. Er will, dass sie zu ihm zurückkommt. Sie verbringen den Abend zusammen.

Am nächsten Morgen schreibt sie:
»Am Montag wird das Loft zum Verkauf ausgeschrieben. Ich umarme dich.«

Nun war es also so weit. Sie packte erneut ihre Tasche. Wie so oft in den letzten Wochen. Inzwischen tat sie es fast automatisch. Ein paar Unterhosen, ein Buch, ein Rock. Sie räumte ein paar herumliegende Sachen auf. Vielleicht war sie wirklich ein bisschen pedantisch.

Sie war spät dran. Sie trat ans Fenster, um es zu schließen. Sie konnte nicht anders, als nach oben zu schauen, zu den zwei Fenstern, die sie so viele Stunden beobachtet, ausspioniert, angestarrt hatte. Obsessiv.

Sie wusste, dass jener Morgen kein gewöhnlicher war.

Sie rief sich in Erinnerung, was sie zu ihm gesagt hatte, ganz zu Anfang ihrer Geschichte, als sie noch darüber lachen konnte.

Sie hatte zu ihm gesagt: »Ich weiß, wie das enden wird. Du wirst bei deiner Frau und deiner Tochter in deiner schönen Wohnung mit dem Parkettboden und dem Stuck bleiben, und ich werde alles verlieren...«

Er hatte beleidigt reagiert.

Sie hatte also recht gehabt. Sie nahm sich ihre Worte von damals beinahe übel. Es war, als wäre ihre Geschichte schon vorab geschrieben worden, als wäre alles offensichtlich gewesen. Als wäre sie letztendlich nicht anders als all die anderen Liebesgeschichten, ganz banal...

Sie schaute immer noch aus dem Fenster. Am Abend zuvor hatte sie versucht, mit ihrem Freund die Scherben zusammenzukleben... Er hatte sie geküsst. Sie hatte es zugelassen. Als sie fühlte, wie seine Zunge ihre Lippen berührte, wusste sie, dass es zu spät war. Dass nichts mehr zu retten war. Dass sie gehen würde.

Sie hatten sich ins Bett gelegt. Nackt. Er hatte Lust auf sie bekommen. Sie hatte keine Lust auf ihn. Die Zeit, als sie so tat als ob, war längst vorbei. Sie wusste, dass es an einem anderen Ort etwas anderes gab...

Ihr Freund war gegangen, sie hatte nichts unternommen, um ihn aufzuhalten.

Sie schnappte sich ihre Tasche, schloss die Tür hinter sich ab, warf einen Blick auf die Post vom Vortag, die noch im Briefkasten lag. Nur ein großer Umschlag der Hotelkette Barrière. Deauville... Das Leben zwinkert uns manchmal ironisch zu...

Sie schaute ein letztes Mal nach oben. Immer noch nichts. Sie stieg in ihren Smart, schob ihre Lieblings-CD rein. Nicht Vincent Delerm oder irgendein anderer französischer Sänger. Nein, etwas Fröhlicheres, eine Mischung aus Rap und Soul...

Sie fuhr los. Fing an zu weinen. Endlich.

Es ist der 4. September.

33.

Am nächsten Tag liest sie seine Mail.

Es ist ein Sonntag im September. Er ist gerade im Büro angekommen. Alles, nur nicht zuhause sein. Er muss vor dieser Frau fliehen, die er nicht sehen will, diesem Leben, das er nicht führen will.

Auch sie arbeitet. Sie steht an der Kaffeemaschine und unterhält sich, als ihr Handy klingelt. Am anderen Ende nur Schluchzen, jemand, der nicht sprechen kann. Sie begreift, dass er es ist, dass er sich nicht beruhigen kann, nicht atmen, nicht sprechen kann. Er sagt, es sei die Hölle, er könne nicht mehr, er werde seine Frau verlassen, er könne nicht ohne sie leben.

Sie reagiert nicht.

Sie hat so lange auf diese Worte gewartet. Und nun vernimmt sie sie, als sie schon nicht mehr damit gerechnet hat. Sie fing an, sich an den Gedanken zu gewöhnen, sich ein neues Leben aufzubauen, ohne ihn.

Beim Klang seiner Stimme knickt sie ein. Er macht mit ihr, was er will. Er verlässt sie, nimmt sie zurück, wirft sie weg, holt sie sich mit einem Schlenker seines Fingers zurück. Sie sagt Ja. Zu allem, egal was. Sie sagt Ja, weil sie nicht in der Lage ist, Nein zu sagen, nicht in der Lage, ihm seine Schwäche übel zu nehmen, seinen Egoismus, nicht in der

Lage, ihm ihre Tränen, ihren Kummer, ihr Gefühl des Zerbrochenseins vorzuwerfen.

Sie hat begonnen, sich von ihm zu entfernen.

Sie reden. Als wäre nichts gewesen. Als ob nichts ihre Verbundenheit zerstören könnte. Sie reden, um zwei Wochen Schweigen aufzuholen. Er liebt sie wie wahnsinnig. Seine Frau ist damit beschäftigt, die Kontoauszüge durchzuforsten, um herauszufinden, wann sie sich gesehen haben, wo sie sich getroffen haben. Er will nur, dass es aufhört, er will nur mit ihr zusammenleben.

Er sagt, dass er mit seiner Frau sprechen werde, er wisse nicht wann, aber er werde es tun. Er sagt, dass es ihn schmerze, der Mutter seines Kindes Leid zuzufügen, dass er wisse, dass sie gehen werde, aber er könne nicht in dieser Scheinehe leben, in der es keine Liebe mehr gebe, er beruhigt sich, fängt erneut an zu weinen, lacht.

Er sagt, dass nur sie es fertigbringe, dass er gleichzeitig lache und weine.

Er sagt vor allem, dass er nun bereit sei, dass er es nun wisse, dass er es spüre. Dass er es nicht bereuen werde. Er habe alles getan, um seine Ehe zu retten, alles versucht. Er schafft es nicht. Er kann es nicht. Er will nur mit ihr zusammen sein, in ihren Armen schlafen, sie bei Tagesanbruch lächeln sehen, mit ihr schlafen. Es sei nur eine Frage von Tagen.

Sie glaubt ihm.

Sie quält sich.

34.

Die Maskerade währt zwei Wochen.

Zwei Wochen, in denen er jeden Tag sagt, dass er dabei sei, seine Frau zu verlassen. Er verlässt sie nicht. Zwei Wochen, in denen er sie, zum ersten Mal in ihrer Geschichte, anlügt, sie an eine Zukunft glauben lässt, an die er selbst nicht glaubt. Im Innersten weiß er schon, dass er nicht gehen wird. Er hatte einen Moment der Schwäche, hat aber nicht den Mut, es zuzugeben, er kann nicht mehr zurück. Er weiß nicht, wie er ihr sagen soll, dass er sie erneut verlassen wird, sie noch einmal zum Weinen bringen, sie noch einmal leiden lassen wird.

Ein schlechtes B-Movie. Ihre Geschichte wird widerwärtig. Nachdem sie lange auf ein Happy End hoffte.

Seine Frau hat verstanden. Sie hat verstanden, dass ihr Mann nicht mehr in sie verliebt ist, dass ihre Tochter ihre Eheversicherung ist. Und ist zu allem bereit.

Es ist ein Samstagnachmittag. Sie telefoniert vor ihrem Loft, das sie für einige Tage bekommen hat, auf einem Liegestuhl. Sie genießt die Septembersonne. Kurz zuvor hat sie mit ihm geschlafen, auf ihrem Sofa. Er hat ihr erneut versprochen, dass sich alles fügen werde.

Seine Frau ist nach Hause gekommen, ohne dass sie sie gesehen hat. Aber sie sieht sie runterkommen. Ihre Tochter auf dem Arm. Er folgt ihnen mit gesenktem Kopf.

Zielstrebig betreten sie ihre Terrasse. Sie kann nicht einmal reagieren. Vielleicht wollte auch sie, dass es aufhört. Sie werden an seiner Stelle entscheiden. Als seine Frau zu sprechen beginnt, fordert sie sie auf, hineinzugehen, aus Angst, die Nachbarn könnten sie hören.

Sie wird sich noch lange vorwerfen, sie nicht rausgeworfen zu haben, ihnen nicht gesagt zu haben, sie sollen ihre Wohnung verlassen. Sie wird vor allem ihm vorwerfen, es zugelassen zu haben. Sie sind zu dritt. Sie ist allein.

Seine Frau fängt an zu sprechen. Sie wisse, dass sie sich wieder treffen würden und wolle, dass er sich dieses Mal endgültig entscheide. So könne es nicht weitergehen, er könne sie nicht beide monatelang leiden lassen, er müsse sich entscheiden. Er könne sich entschließen, sie zu verlassen, doch in diesem Fall werde sie weggehen. Sie habe sich informiert, es gebe einen Mittagsflug nach New York am folgenden Tag, ihre Tochter würde sie mitnehmen, er könne sich ein neues Leben aufbauen. Sie hält ihre Tochter auf dem Arm, die süße Zweijährige, die nicht begreift, was vor sich geht. Sie hält sie ihm ins Gesicht, damit er sie deutlich sieht, damit er nicht vergisst, was er verlieren wird, was er ziehen lässt. Weit weg.

Er antwortet nicht.

Sie sitzt auf dem Sofa, schaut zu, wie sie ihn in der Luft zerfetzt. Fragt sich, was dieses Paar in ihrem Wohnzimmer zu suchen hat. Sie rührt sich nicht.

Seine Frau fährt fort. Sagt zu ihm, dass nur ein Wort von ihm genüge, und sie ginge rauf, um ihre Koffer zu packen, und er wäre frei. Sie hat immer noch ihre Tochter auf dem Arm.

Er schaut seine Frau an. Starrt sie an. Und sagt langsam, dass er sie nicht mehr liebt. Ein letztes mutiges Aufbegehren.

Sie antwortet, das sei ihr egal. Sie sei bereit, mit einem Mann zusammen zu sein, der sie nicht mehr liebe, um ihre Ehe zu retten, damit ihre Tochter bei ihrem Vater aufwachse, um das Leben, das sie sich aufgebaut habe, zu erhalten. Sie sei sogar einverstanden, dass er eine Geliebte habe, schließlich würde sie das ja schon seit sieben Monaten ertragen, sie könne das auch noch länger. Solange sie sich nicht scheiden ließen. Sie fragt ihn erneut, ob sie nach oben gehen solle, um die Flugtickets zu reservieren. Er murmelt »Nein«. Es ist vorbei.

Seine Frau hat gewonnen.

Sie schaut ihn an. Er hat die Augen niedergeschlagen. Sie fragt sich, wie sie sich in ihn verlieben konnte. Ein Mann, der sie nicht genug liebt, um ihr diesen Schmerz zu ersparen. Sie ist zuhause, immer noch auf dem Sofa, und schaut zu, wie sie gehen. Er hat sie erneut verlassen, sie, die ihn nicht einmal gebetet hat, zu ihr zurückzukommen.

Seine Frau fordert sie auf, ihr Bescheid zu sagen, wenn ihr Mann sie anrufen sollte. Sie antwortet nicht. Er ist es, der antwortet und sagt, dass wenn er noch einmal rückfällig werde, dann, weil er wirklich beschlossen habe, sie zu verlassen. Endgültig. Sich keine Türen verschließen. Immer halboffen stehen lassen. Ihr die Hoffnung lassen, so klein sie auch sein möge, dass er zurückkommen könnte. Er kann sie nicht freilassen. Ihm ist lieber, sie wartet auf ihn, als sie endgültig zu verlieren.

Seine Frau geht mit der Tochter auf dem Arm hinaus, er folgt ihr ohne einen Blick, ohne ein Zeichen. Sie bleibt auf ihrem Sofa sitzen.

Sie denkt, dass sie daran zugrunde gehen wird.

Es ist der 19. September.

35.

Sie weint. Viel mehr als beim letzten Mal. Es ist viel schwerer als beim letzten Mal. Sie weiß nicht, warum. Sie weiß nur, dass es stärker wehtut. Sie wirft sich vor, ihm geglaubt zu haben, obwohl sie sich geschworen hatte, nicht nachzugeben, nicht mehr daran zu glauben. Und alles tut weh.

Doch sie hat keine Wahl. Sie muss vorankommen, an das Leben denken, dass sie sich aufbauen, wiederaufbauen muss, sie muss mehr als je zuvor an sich selbst denken.
Sie muss eine Wohnung finden. Ihr Ex-Freund ist ins Ausland gereist, sie ist immer noch zuhause, in ihrem Loft. Zumindest nicht mehr auf fremden Sofas schlafen, zumindest nicht mehr das Auto als Zuhause.
Aber ihr Komfort kommt sie teuer zu stehen: Jeden Morgen sieht sie ihn vorbeigehen, jeden Abend nach Hause kommen, mit ausweichendem Blick, als schäme er sich, dass er sie hat glauben lassen, dass ein gemeinsames Leben im Bereich des Möglichen liegt. Also schaut sie ihnen beim Leben zu, ihm, seiner Frau und ihrer Tochter. Sie sieht sie herauskommen, ins Kino gehen, vom Markt zurückkommen. Sie sieht, wie sie Freunde empfangen, leben, als wäre nichts gewesen. Sie erfährt, dass sie übers Wochenende

nach Italien fahren, nur sie beide, um wieder zueinanderzufinden, ihre Ehe zu pflegen, während sie gerade so Luft bekommt. Sie hört, wie seine Frau am Montagmorgen der Nachbarin erzählt, wie schön es gewesen sei, die drei Tage in Rom, wie sehr sie es genossen hätten. Sie hat das Wochenende damit verbracht, sich zu übergeben.

Sie hat ihm mitten in der Nacht eine SMS geschickt, nur um ihm zu sagen, dass sie, während er ein traumhaftes Wochenende erlebte, neben der Kloschüssel geschlafen hatte, um nicht jedes Mal aufstehen zu müssen, wenn es ihr hochkam. Warum ist er glücklich? Warum ist ihr so elend zumute? Sie kann es nicht fassen.

Sie bemerkt, dass er tieftraurig wirkt, immer mehr raucht, obwohl er nie geraucht hat. Sie reden nicht miteinander, es gibt nichts zu sagen. Sie schreiben sich nicht. Er schaut sie nicht an, wenn er ihr über den Weg läuft. Sie sieht ihn morgens mit seiner Frau weggehen. Diese wirft ihr einen triumphierenden Blick zu, und sie weicht ihm nicht aus, ein Rest von Stolz. Er schaut woanders hin, hin- und hergerissen zwischen zwei rivalisierenden Frauen. Er beobachtet sie nur von Weitem. Jeden Abend, sobald seine Frau und seine Tochter schlafen, klebt er stundenlang mit der Stirn am Fenster und starrt sie an. Es ist die einzige Möglichkeit, ihr mitzuteilen, dass er an sie denkt, dass er eigentlich nur an sie denkt.

Sie ruft ihn an, um ihn aufzufordern, damit aufzuhören. Ein Vorwand, um seine Stimme zu hören. Sie erklärt ihm, dass sie sich nicht vom Fenster lösen kann, wenn sie weiß, dass er da oben ist, ihr Leben dreht sich nur um die Blicke, die sie mitten in der Nacht verstohlen tauschen. Sie gehen nicht mehr schlafen, schaffen es nicht, diese noch verbliebene Verbindung zu kappen.

Er hört nicht auf. Er schaut ihr weiter beim Leben zu, ein paar Meter unter ihm. Das ist alles, was ihm bleibt... und nicht mehr für lange.

Sie besichtigt immer mehr Wohnungen. Sie sind so klein. Wenn sie die tristen Einzimmer-Apartments sieht, glaubt sie nicht, dass sie es schaffen kann, dass sie dieses Mal untergehen wird, es keinen Weg zurückgibt, sie betrachtet ihr Leben und fragt sich, wie sie es so vergeuden konnte. Sie empfindet es als große Ungerechtigkeit, als würde sie allein den Preis bezahlen. Sie weiß, dass sie selbst schuld ist. Sie hat hoch gepokert und verloren. Doch sie kann nicht anders, als es ihm übel zu nehmen, dass er sein Leben behalten konnte. Doch im Grunde nimmt sie es sich selbst übel.

Sie ist nicht allein. Ihre Freunde sind jede Sekunde für sie da. Sie überschütten sie mit Worten, zwecklosen Geschichten über das Leben, das weitergeht, über alles Mögliche, egal, Hauptsache, es hält sie vom Grübeln ab. Nur nachts ist sie allein. Dann zählt sie die Stunden. Sie überlebt. Sie lebt, um nicht zu weinen, um die Tränen zurückzuhalten, die fließen wollen, ohne Vorwarnung, einfach, weil der Kummer manchmal raus muss.

Sie weiß, dass es schwierig werden wird.
Auf den Tag vor einem Jahr war sie mit ihrem Freund in New York, auf dem Empire State Building. Er hat um ihre

Hand angehalten, sie hat unter Freudentränen Ja gesagt. Das Leben war einfach und schön. Vor gerade mal einem Jahr.

Es ist neun Uhr morgens. Der Regen rinnt die Scheiben hinunter. Sie hat sich in ein Café geflüchtet, um Zeitung zu lesen. Sie ist früh dran. Sie hat einen Termin für eine Wohnungsbesichtigung, noch eine. Auf dem Gehweg bildet sich eine Schlange. Sie verzweifelt. Das Telefon klingelt.

Sie weiß, das ist erst der Anfang. Dass sie alle daran denken werden, dass es den ganzen Tag so gehen wird. Sie ist gewappnet. Es hat schon nach dem Aufwachen angefangen, mit ihrer Mutter und ihren Brüdern. Dieses Mal ruft ihr Vater an. Sie geht nicht ran. Sie hat nicht die Kraft. Sie weiß, dass sie heute noch verletzlicher ist als an den anderen Tagen. Jede Kleinigkeit kann dazu führen, dass sie zusammenbricht. Sie hört die Nachricht nicht ab.

Die Wohnung ist grässlich. Es regnet noch immer.

Sie fährt nicht los. Sie legt die Stirn aufs Lenkrad und weint.

Ihr Handy klingelt. Sie hebt ab, die Stimme belegt, vereinbart eine weitere Besichtigung, muss vorankommen. Sie hat so oft davon geträumt, am Montmartre zu wohnen, es ist nicht der Augenblick, um zusammenzubrechen.

Sie parkt den Wagen in einer engen Seitenstraße. Sie blickt hoch, denkt, dass sie sich hier wohlfühlt, will aber nicht voreilig sein. Sie folgt dem Makler wortlos die Treppe hinauf, versucht, etwas zu empfinden, tritt in eine kleine, ganz weiße Zweizimmerwohnung, wirft einen Blick ins Schlafzimmer, stellt sich ihr Bett auf dem Parkettboden vor, ihre Kartons in einer Ecke. Sie stellt sich vor, hier zu leben. Sie sieht das Sonnenlicht, das durch die Baumkronen hereinfällt, geht in die Küche, schaut ins Bad. Hier ist es.

Sie fragt, ob sie die Schlüssel in drei Tagen bekommen könne, erklärt, dass sie schon nächstes Wochenende einziehen möchte.

Der Makler versteht, dass sie es eilig hat, versichert ihr, dass es kein Problem gebe. Sie stellt den Scheck aus, bekommt einen Schlüssel, schüttelt ihm die Hand und geht. Sie lächelt.

Sie kauft ein paar Flaschen Champagner, etwas zum Knabbern, und kehrt ins Loft zurück. In den Fenstern im Zweiten brennt Licht. Sie wendet sich ab. Nicht heute Abend, sie hat genug geweint. Sie spürt, dass sie gewonnen hat, dass sie ihn sich verdient hat, diesen inneren Frieden, der hervorlugt.

Ihre Freunde erwarten sie, sie haben es nicht vergessen. Sie teilt ihnen lächelnd mit, dass sie eine Wohnung gefunden hat. Sie hat feuchte Augen, immer diese verdammten Tränen. Sie ist so empfindlich. Sie wissen, dass es das schönste Geburtstagsgeschenk ist, das das Leben ihr hätte machen können.

Im Zweiten findet eine Party statt. Er steht am Fenster, sieht, wie sie ihre Nase in ein Glas Champagner steckt, sie lacht zu laut, nur um ihm zu zeigen, dass sie ohne ihn leben kann. Seine Frau nimmt ihn am Arm, er schließt das Fenster. An dem Abend wird sie nicht weinen.

Es ist ihr Geburtstag, sie hat sich geschworen, an etwas anderes zu denken. An diesem Abend wird sie kein Geschenk bekommen, aber einen Gutschein für eine HiFi-Anlage, einzulösen für die neue Wohnung, für ihr neues Leben.

Sie ist 31 Jahre alt.

Es ist der 28. September.

36.

Sie schauen sich weiter durchs Fenster an, aber dieses Mal weiß sie, dass es nur noch eine Frage von Tagen ist, eine Frage von Stunden. Dutzendmal fährt sie zwischen dem Loft und ihrer ganz weißen Wohnung hin und her, nimmt schon mal einige Pflanzen mit, eine Lampe, einen Korb mit Deko-Objekten. Der Umzug ist für Sonntag angesetzt. Sie hat einen Transporter gemietet, ein paar Freunde zusammengetrommelt. Die Wohnung ist klein, sie nimmt nicht viel mit. Es ist nicht wichtig.

Durch die Scheiben sieht er sie Kartons packen, schaut zu, wie sie ihren Weggang vorbereitet. Er zählt die Tage, die Stunden. Er hat ihre neue Telefonnummer gesucht, auf einem Stadtplan ihre neue Adresse gefunden. Er würde alles dafür geben, zu wissen, wie es dort aussieht, um sie sich in ihren neuen vier Wänden vorzustellen, in ihrem neuen Leben. Es ist unerträglich für ihn, nichts zu wissen.

Als sie geht, ist er nicht da. Sie haben weniger als eine Stunde gebraucht, um ein ganzes Leben einzuladen. Ein Teil des Sofas, ein Bett, ein paar Kartons, einen Kaktus, ihren Philippe-Starck-Stuhl, den Rothko ihrer Mutter, tonnenweise Bücher. Er sieht nicht, wie sie die Jalousien herunterlässt, ein letztes Mal die Tür zuschließt.

Es ist 21 Uhr. Sie packt eifrig aus. Sie will unbedingt, dass es nach etwas aussieht, spüren, dass sie endlich einen Ort nur für sich hat, nachdem sie wochenlang herumgeirrt ist. Sie hat das starke Bedürfnis, sich auszuruhen. Sie bleibt aktiv, bloß nicht nachdenken, vergessen, dass es der erste Abend ist, und auch die Einsamkeit, vor der sie sich so gefürchtet hat. Die Mädels haben sie zum Essen eingeladen, doch sie bleibt lieber zu Hause. Es hilft nichts, sie muss lernen, mit seiner Abwesenheit zu leben. Sie muss vergessen, dass sie von einer neuen Wohnung für sie beide geträumt hatten, mit Kartons von ihnen beiden. Doch hier sind nur ihre.

Sie fühlt sich beinahe gut. Er spioniert ihr nicht mehr nach. Sie kennt sein Leben, seinen Tagesablauf in der kommenden Zeit. Den ihren kennt er nicht. Sie fühlt sich stark. Zum ersten Mal hat sie das Gefühl, dass sie es leichter hat als er.

Es fällt ihm viel schwerer, ohne sie zu leben, seit sie gegangen ist. Zuvor konnte er ihr Leben verfolgen. Sehen, ob sie schon zuhause war, ob sie Freunde zum Essen zu Besuch hatte, ob sie gegessen hatte, ob sie schon im Bett war. Jetzt weiß er nichts. Es gibt Schlimmeres als Abwesenheit: Unwissenheit und Stille.

Seine Frau und er durchleben Höhen und Tiefen. Er gibt sich Mühe. Er tut so, als ginge es ihm gut, obwohl es ihm schlecht geht, manchmal gelingt es ihm sogar, dass es ihm wirklich gut geht, aber nie für lange. Er gibt vor, an dieses neue Leben zu glauben, zu glauben, dass ihre Beziehung neu auflebt, dass sie von vorne beginnen.

Sie spricht bereits von einem zweiten Kind. Er will keins. Er hält durch, trotz seiner Schuldgefühle, seiner Schwäche. Er laviert sich irgendwie durch. Es gibt Augenblicke, da wirkt er abwesend, doch seine Frau glaubt, dass sich das mit der Zeit geben wird.

Sie schlafen miteinander, oft – viel öfter als früher. Sie hat begriffen, dass, wenn sie ihn halten will, sie sich ändern muss – das Klischee eines eingerosteten Sexuallebens, das durch eine außereheliche Affäre wieder in Schwung kommt.

Sie versucht zu vergessen, dass er sich nach einer anderen sehnte, so wie er sich nach ihr nie gesehnt hat. Sie weiß es, doch hat es tief in sich vergraben, hinter einer Tür verstaut, die sie nie öffnet. Sie gibt ihr Bestes. Sie weiß nicht, dass es nie wieder so sein wird. Was auch immer sie tut. Sie weiß nicht, dass es Körper gibt, die dazu geboren sind, miteinander zu verschmelzen. Dass man da nichts machen kann.

Also ficken sie. Mechanisch. Er denkt an eine andere, wenn er mit seiner Frau schläft. Er glaubt, dass er es nie schaffen wird, wenn er das Unvergleichbare vergleicht. Er denkt, dass Sex nicht alles ist, dass er jahrelang so gelebt hat, ohne zu wissen, dass ein Bett das Paradies sein kann, dass er vergessen wird, dass er sich entschieden hat. Dass die Zeit ihr Übriges tun wird.

Sie rufen sich immer noch nicht an. Oder fast nicht. Manchmal sind da Momente der Schwäche. Manchmal bricht der eine ein, manchmal der andere. Sie kann sich nur schlecht zurückhalten, sobald sie ein paar Gläser getrunken hat. Er schickt eine Mail, wenn er es nicht mehr aushält. Sie verstehen sich. Sie wissen beide, wie unerträglich die Abwesenheit des anderen manchmal ist.

Sie erhält eine E-Mail. Von ihm. Leer. Nur sein Name und seine Telefonnummer. Gesendet aus dem Büro am späten Montagabend. Wie ein stummer Anruf, ein Zeichen, das die Sache nicht beim Namen nennen will. Eine leere Mail, die doch so vieles sagt. Eine Mail, die beweist, dass er an sie denkt.

Sie antwortet:
»*Wenn du mir deine Telefonnummer geben willst, ist das nett, aber ich habe es noch nicht geschafft, sie zu löschen.*«

Keine Antwort.

Sie sendet:
»*Wenn du mir zeigen willst, dass du an mich denkst, ist dir das gelungen.*
Es tut immer gut zu wissen, dass du mich noch nicht ganz vergessen hast.«

Er antwortet:
»*Ja.*«

Er hat sie immer noch nicht vergessen.

Es ist der 6. Oktober.

37.

Es geht ihr besser, auch wenn es ihr an manchen Tagen schwerfällt, morgens aufzustehen. Sie weiß, wie sie allzu heftige Stimmungstiefs vermeidet: zuallererst nicht im Bett liegen bleiben, nicht unter der Decke vor sich hinträumen. Das Autoradio auf dem Nachrichtensender lassen, den letzten William Sheller in den Keller verbannen; abends bis zur Erschöpfung mit Freunden telefonieren, im Wohnzimmer und Schlafzimmer immer den Fernseher im Hintergrund laufen lassen, nicht versuchen ein Buch zu lesen – sich auf eine Geschichte zu konzentrieren ist unmöglich: Lesen fördert das Nachdenken und somit das Grübeln. Lieber irgendeine Fernsehsendung... außer die über die große Liebe, Hochzeiten, Fremdgehen und Nachbarn.

Sie lacht wieder. Sie ist noch weit davon entfernt, sich auf jemand anderen einlassen zu können, aber sie kann sich auf sich selbst einlassen. Das ist schon etwas. Sie führt wieder ein Leben als Single. Ein Leben mit Partys, Abendessen, Begegnungen, Überraschungen, Freiheit.

Sie sucht Arbeit. Da sie nun ihr Nest gefunden hat, geht sie den zweiten Schritt in ihr neues Leben: herausfinden, was sie tun will. Sie tastet sich langsam voran, denkt nach, nimmt sich endlich Zeit.

Sie geht wieder aus, ins Theater und zum Tanzen. Monatelang widmete sie ihre ganze Kraft ihm. Sie öffnet sich wieder der Welt, profitiert von der geliebten Stadt.

Sie kommt gerade aus dem Théâtre de la Ville, als eine ihrer Freundinnen anruft. Sie sei bei einem sehr netten Bekannten im Marais. Sie bestehen darauf, dass sie vorbeikommt. Sie muss am nächsten Tag schließlich nicht zur Arbeit. Sie hat das vage Gefühl, Jahre zurückgeworfen worden zu sein, in ihre Studienzeit, als sie keinerlei Verpflichtungen hatte. Die Zeit, in der sie mit Leuten, die sie kaum kannte, nächtelang diskutieren konnte. Die Zeit, in der sie noch von der großen Liebe träumte.

Der Bekannte lebt in einem großen Einzimmer-Apartment. Überall stehen Kerzen, es ist angenehm warm. An der Tür empfängt er sie mit einem einladenden Lächeln. Er ist Single und weiß augenscheinlich, dass sie es auch ist. Er ist dunkelhaarig, groß, recht gutaussehend, er fragt sie, ob sie Rotwein oder etwas anderes möchte. Rotwein ist perfekt, sagt sie.

Die Stunden vergehen, etliche Gläser werden geleert. Sie reden über Gott und die Welt. Sie lächeln sich an, tauschen längere Blicke. Um vier Uhr morgens bringt er ihr bei, wie man Bass spielt. Um fünf Uhr morgens massiert er sie. Sie ist ein wenig betrunken, fühlt sich wohl, lässt es zu. In einem klaren Moment fragt sie sich, warum sie es nicht tun sollte. Und sie tut es. Um sechs Uhr morgens küsst er sie.

Sie spürt wohl, dass sie sich beweisen will, dass sie auf dem Weg der Besserung ist. Sie weiß, dass es ein wenig zu früh ist, dass sie sich vielleicht die Flügel verbrennt. Die anderen sind gegangen. Sie sind allein. Die Kerzen gehen eine nach der anderen aus. Sie unterhalten sich, über alles, lächeln sich an, er ist sanft, sie fühlt, wie seine Zunge ihre Lippen öffnet, lässt es geschehen, er entkleidet sie, küsst die Spitzen ihrer Brüste, und sie kann nur an den Mund eines anderen denken. Sie kann nicht. Sie will nicht. Er spürt es, versteht es, nimmt sie fest in den Arm, tröstet sie. Sie ist traurig und weiß zugleich, dass sie gerade einen Riesenschritt getan hat. Alles zu seiner Zeit.

Sie schläft in seinen Armen ein.

Bei Tagesanbruch erwacht sie. Er schläft noch. Sie steht auf, zieht sich an, betrachtet ihn, schickt ihm einen Handkuss, hinterlässt ihm eine unverbindliche Notiz auf dem Tisch im Wohnzimmer, schließt leise die Tür hinter sich und geht.

Sie ist nur fünf Minuten vom Loft entfernt. Sie kann um neun Uhr dort sein. Sie will nur sehen, wie er herauskommt, nachdem sie die Nacht in den Armen eines anderen verbracht hat, nur wissen, ob sich etwas verändert hat, wissen, ob sie ihn anders wahrnimmt, sie will einfach nur sehen und das wissen. Ihre innere Gefasstheit ausloten.

Sie parkt den Wagen, steigt aus, als er gerade durch das Hoftor tritt. Er sieht sie, senkt den Blick, sie sieht ihn vorbeigehen, er tut also, als sähe er sie nicht. Und sie spürt, was sie gesucht hat: Es geht ihr besser. Endlich fühlt sie, dass es ihr besser geht. Das Leben gewinnt wieder die Oberhand.

Sie schreibt:
»Heute morgen sind wir uns begegnet wie an so vielen anderen Tagen. Du hast nichts gesagt. Nicht ein Wort. Nicht das kleinste Zeichen. Ein wenig, als ob du jemand x-beliebigen

triffst. Und doch war dieser Morgen nicht wie die anderen.

Heute morgen war ich kurz zuvor noch in den Armen eines anderen Mannes, im Bett eines anderen Mannes.

Heute Morgen habe ich mit einem anderen Mann geschlafen.

Heute Morgen hast du mich verloren.

Endlich.«

Sie glaubt es. Ja, sie hat die Wahrheit leicht verdreht. Menschliche Rachegelüste. Und sie sucht etwas Unabwendbares, Endgültiges. Unumkehrbares. Sie weiß, dass sie dabei ist, ihn zu verlieren, dass er endlich seine Schuldgefühle abschütteln kann, wenn er weiß, dass sie auflebt. Sie weiß, das ist ein Schlusspunkt. Sie hat endlich das Ende für ihre Geschichte gefunden. Sie hat einen anderen Mann geküsst, hat in den Armen eines anderen Mannes gelacht.

Sie schickt die Mail, um einen Schlussstrich unter ihre Geschichte zu ziehen, damit es ein richtiges Ende gibt, und nicht nur diesen Abgang in ihrem Wohnzimmer, nach dem die Tür halboffen blieb. Sie schickt die Mail, um ihm wehzutun, ein letztes Mal. Damit auch er den bitteren Geschmack von Eifersucht erfährt.

Sie zieht sich aus, legt sich hin. Sie ist kaum eingeschlafen, da klingelt ihr Handy. Auf dem Bildschirm seine Nummer. Er weint. Zwischen zwei Schluchzern versteht sie, dass er eine Mail geschickt hat, sie sagt, sie habe sie nicht gelesen.

Er schreibt:
»Weil es keinen Morgen gibt, an dem mir dein Fehlen nicht die Kehle zuschnürt.

Weil es keinen Abend gibt, an dem mir die Lust vergeht, dich zu küssen.

Weil das Leben ohne dich wie Gefängnis mit Hofgang ist.

Weil deine Küsse mehr wert sind als alles Unglück, das da kommen mag.

Weil es unmenschlich ist, den Menschen, den man liebt, so leiden zu lassen.

Weil nicht mit dir zu schlafen eine Beleidigung der Natur ist.

Weil ich verrückt bin nach deinen Augen, deiner Haut, deiner Stimme.

Weil ich dich unendlich liebe.

Ein Wort von dir genügt, und ich verlasse sie.«

Es ist der 13. Oktober.

38.

Sie fragt ihn, ob jedes Wort genügt, oder ob es ein bestimmtes sein muss. Jedes Wort genüge. Also sagt sie einfach, dass er sie verlassen soll. Er antwortet einfach, dass er es tun wird. Sie fragt: wann. Er sagt: noch heute Abend.

Sie treffen sich zum Mittagessen im Fumoir. Sie haben sich seit Wochen nicht gesehen, doch es ist, als hätten sie sich erst gestern getrennt. Er berichtet von den Tagen ohne sie, angefüllt mit den Gedanken an sie. Sie berichtet von der Lücke, die er hinterlassen hat, diesem Krieg, den sie gegen sich selbst führt, um da herauszukommen, um ihr Leben zu ändern. Ohne dass es ihr gelänge oder nur kaum.

Sie sagt, dass er es dieses Mal nicht machen kann wie letztes Mal, dass er nicht mehr spielen kann. Er sagt, dass er nun weiß, wie das Leben ohne sie ist, er weiß zu viel über das Leben ohne sie.

Er schaut sie an, verschlingt sie mit den Augen und zittert zugleich. Er kann nichts essen. Er bekommt eine Panikattacke, das einzige Ventil für die Angst vor dem Unbekannten, die ihn packt, vor dem Leben, das es aufzubauen gilt, vor den bevorstehenden Tränen. Doch er hat sich entschieden. Er will mit ihr zusammenleben, mit ihr ein Kind haben, neben ihr einschlafen, neben ihr aufwachen. Er will nur sie.

Er hat Angst. Sie auch. Dass er sie wieder allein zurücklässt mit ihren enttäuschten, zertretenen, zerstörten Hoffnungen. Mit ihren Tränen und ihrem Schmerz. Sie denkt, dass er sie jedes Mal, wenn sie wieder zu leben beginnt, im letzten Moment zurückzieht, kurz bevor sie ganz hinter dem Horizont verschwindet. Sie denkt, dass der Schmerz jedes Mal heftiger war. Sie wagt nicht, sich vorzustellen, wie es das nächste Mal wäre.

Aber dieses Mal wird er seine Meinung nicht ändern.

Am Abend ist er nach Hause gegangen. Er hat nichts gesagt. Er hatte seinen Bruder und seine Schwägerin zum Essen eingeladen. Sie sprachen über die Geburtstage der Kinder, die sie gemeinsam organisieren könnten, über Zukunftspläne.

Er schwieg. Er war bereits weg, er wusste, dass das Härteste noch vor ihm lag, aber er hatte sich entschieden. Dieses Mal wusste er, dass er die Konsequenzen würde tragen müssen. Er hatte Bauchschmerzen, Kopfschmerzen, Schmerzen überall. Er hatte Schmerzen vor Angst.

Er konnte nicht bis zum Ende des Essens bleiben. Er ging ins Bett, eine Migräne vorschützend. Im Bett warf er sich hin und her, bis er einschlief. Und als seine Frau zu ihm kam, schlief er wirklich. Sie weckte ihn auf. Sie sagte zu ihm, dass ihr Leben so nicht weitergehen könne. Er wird nie wissen, ob er sich getraut hätte, das Thema anzuschneiden, wenn sie es nicht zuerst getan hätte. Sie wird nie erfahren, dass er nur darauf gewartet hatte, dass sie die Tür öffnete, um hinauszustürzen. Sie forderte ihn heraus, damit er sich änderte, damit er sich anstrengte. Nie hätte sie sich vorstellen können, dass er sich entschließt sie zu verlassen. Nie hätte sie sich vorstellen können, dass er sich entschieden hatte, zu gehen.

Sie stritten sich die ganze Nacht. Sie weinte, brüllte, bettelte, schmetterte sein Handy an die Wand, erklärte, dass sie das alles vergessen und ihr normales Leben weiterführen würden.

Er brüllte und weinte beim Anblick ihrer Tränen. Und er sprach mit ihr, endlich. Er sagte ihr, dass er wie wahnsinnig eine andere liebte, dass er nur davon träumte, mit einer anderen zusammen zu sein. Dass es dieses Mal vorbei war.

Eine Trennungsnacht, schlaflos, eine Nacht der Gewalt, eine Nacht des Nervenkriegs, in der sie alles versuchte. Eine Nacht, und er ging.

Um acht Uhr morgens rief die verletzte Ehefrau ihre Rivalin an, die seit dem Vorabend auf ein Wort von ihm, auf eine Nachricht wartete. Sie sagte, dass sie gewonnen habe, dass ihr Mann sie verlassen habe, dass sie ihn behalten könne. Und dass sie niemals ihre Tochter bekommen würden.

39.

Eine Stunde später ist er da, mit ein paar seiner Sachen und Croissants. Sie küsst ihn, nimmt ihn in die Arme, fast schüchtern. Als ob sie sich an diese neue Freiheit erst gewöhnen müssten. Sie hatte solche Angst, dass er am Boden zerstört sein würde. Doch er lächelt. Tränen und Gewissensbisse kämen erst später.

Er nimmt sie in die Arme, zieht sie aufs Bett, fängt an, jede Stelle ihrer Haut zu küssen... Sie verbringen den Tag zuhause eingeschlossen, die Handys bleiben ausgeschaltet, sie sind entschlossen, die anderen zu vergessen, ihr erneutes Zusammensein zu genießen, die Zukunft, die sich vor ihnen aufspannt, dieses neue Leben zu zweit, das nur ihnen gehört.

Sie haben so viel nachzuholen. Sie kann kaum glauben, dass er wirklich da ist, in dieser Wohnung, die sie genommen hat, um zu vergessen, um ein anderes Leben zu führen. Er ist da, in der Küche, er ist da, unter der Dusche, da, auf dem Sofa. Sie schaut zu, wie er die Räume einnimmt, merkt, wie ihr bei jeder Kleinigkeit die Freudentränen kommen.

Sie gibt ihm den Zweitschlüssel, den Haustürcode, sie fragt ihn, ob sie sich wirklich jeden Abend sehen, ob sie wirklich zusammenleben werden. Er lächelt sie an, küsst sie. Sie werden endlich aufatmen können.

Am nächsten Tag beginnen sie ein fast normales Leben. Und sie sind erstaunt über diese Normalität... Am Morgen fahren sie zur Arbeit und sagen »Bis heute Abend«. Tun all das, was alle Paare tun, ohne es wahrzunehmen, all das, was ihnen außergewöhnlich vorkommt. Sie können kaum fassen, dass sie in der Küche zu Abend essen, ohne auf die Uhr zu schauen, jeden Abend vor dem Einschlafen miteinander schlafen, jeden Morgen nach dem Aufwachen und in der Nacht, wenn einer von ihnen halb wach wird, um sich noch enger an den anderen zu schmiegen. Sie nutzen ihre Freiheit, bis sie ihre Haut, ihre Lippen, ihr Geschlecht überstrapazieren.

Sie können es kaum fassen, kosten es in vollen Zügen aus. Auch wenn nicht alles rosarot ist. Auch wenn seine Frau dutzende Male anruft, es mit Zärtlichkeit, Schmerz, Beleidigungen, Drohungen versucht. Auch wenn jeder Besuch bei seiner Tochter unerträglich ist.

Es ist kaum eine Woche her, dass er die gemeinsame Wohnung verlassen hat, da verkündet seine Frau, dass sie gehen wird. Sie wird zurück nach New York ziehen und ein neues Leben beginnen, eine Stelle suchen, eine Wohnung, eine Schule für die Kleine. Sie geht. Mit ihrer Tochter. Er wusste, dass er einen hohen Preis zahlen würde. Er hatte recht. Es ist Zeit, die Rechnung zu begleichen.

Sie geht, um herauszufinden, wie sie ihr Leben zuhause, Tausende Kilometer von ihm entfernt, führen kann, und um ihm zu zeigen, dass sie dazu fähig ist, falls er Zweifel daran gehabt haben sollte. Sie geht, damit er zurückkommt. Sie spielt ihren letzten Trumpf.

Er mag nicht daran denken. Er will nur die Zeit mit der Frau seines Lebens genießen, nicht mehr daran denken, dass seine kleine Tochter in wenigen Tagen Tausende Kilometer weit weg sein wird. Nicht daran denken, dass er mit ihr eine neue Art zu leben erfinden muss, dass er kämpfen muss, um seine Rolle als Vater zu behalten, damit sie weiterhin seine Sprache spricht, um sich nicht vorzuwerfen, dass er sie gehen lässt, um nicht das Gefühl zu haben, dass er sie im Stich lässt. Er weiß, dass er stark sein muss. Und er ist schwach.

Sie weiß, dass es schwierig werden wird, also erleichtert sie ihm das Leben... Am Nachmittag holt sie das Flugticket der Kleinen am anderen Ende von Paris ab. Seine Frau hat keine Zeit. Er hat nicht die Kraft dazu. Sie versucht, den Bruch erträglich zu gestalten, auch wenn sie weiß, dass sie den Schmerz, den diese Lücke verursacht, nicht völlig mit Küssen wird lindern können, auch nicht mit Tausenden.

Am nächsten Tag geht ihr Flug. Er hat seinen Vater gebeten, sie zum Flughafen zu fahren. Er selbst hat nicht die Kraft dazu.
Sie muss ins Theater. Sie will absagen, doch er redet es ihr aus, behauptet, er habe Tonnen von Arbeit, dass sie sich danach treffen würden, dass alles in Ordnung sei.
Sie spürt, dass nichts in Ordnung ist, spürt seine tiefe Verzweiflung, den unerträglichen Schmerz. Sie weiß, dass

nur sie den Schock abmildern kann. Sie durchquert Paris in die entgegengesetzte Richtung. Sie gelangt zu seinem Bürogebäude, fährt mit dem Aufzug hoch. Es ist bereits dunkel, die Räume sind wie ausgestorben. Durch einen Türspalt dringt Licht am Ende des Flurs. Da sitzt er, allein. Er weint. Er weiß, dass seine Tochter in 24 Stunden weit weg sein wird.

Sie küsst ihn, macht ihre üblichen Faxen, entlockt ihm ein Lächeln, dann ein Lachen. Sie zieht ihn mit. Sie schließen die Tür, lieben sich im Treppenhaus. Er sitzt auf einer Stufe, sie ist nackt unter ihrem Rock. Sie sitzt auf ihm, spürt, wie ihre Erregung wächst… als plötzlich das Licht angeht. Sein Chef kommt die Treppe herunter. Sie flüchten kichernd wie Kinder, steigen in den Smart, kehren zurück in die kleine Wohnung, die ihr neues Leben beherbergt. Er schläft in ihren Armen ein. Erneut hat sie ihn seinen Kummer vergessen lassen. Er schläft mit einem Lächeln auf den Lippen, doch für wie lange?

Am nächsten Morgen schreibt sie:
»Ich wusste, dass wir uns nicht irren können.

Dass es unwirklich sein würde, jeden Morgen dein Lächeln zu sehen.

Dass die Berührung deiner Haut jede Nacht das einzigartige Gefühl auslösen würde, im Paradies zu leben.

Ich wusste es, ohne es zu wissen. Nun, nach nur wenigen Tagen, weiß ich, dass ich mich nicht geirrt habe. Dass wir uns nicht geirrt haben.

Ich weiß, dass das Leben mit dir Glück in Reinform bedeutet.

Etwas, woran man sich von morgens bis abends berauschen und trotzdem nicht genug bekommen kann, niemals zu viel.

Etwas, das stets Hunger auf mehr macht.

Auch wenn du am Montag nicht mit mir zu Mittag essen willst.

Auch wenn du mir nicht jeden Abend Blumen mitbringst.

Auch wenn du deinen Ehering noch nicht abgelegt hast.

Auch wenn du immer noch nicht die Lampen im Flur angebracht hast.

Auch wenn du nicht kochen kannst…

Ich wollte nur, dass du weißt, dass die Liebe, die ich für dich empfinde, jeden Teil von mir einnimmt. So groß. So tief. So intensiv. So gewaltig ist sie.«

Es ist der 3. November.

40.

Einen Monat lang führen sie ein Leben wie ein normales Paar. Sie genießen ihr großes Glück, auf das sie so lange gewartet, so gehofft haben. Sie kleben aneinander, nutzen jede Minute, jede Sekunde. Manchmal haben sie einen Durchhänger, sind traurig, doch Zweifel haben sie nie. Nächtelang sagt er ihr immer wieder, dass er sie nie wieder verlassen, ihr nie wieder wehtun könne, nachdem er das schon so oft getan hat.

Jeden Abend kommt er mit einem erstaunten Lächeln auf den Lippen nach Hause, so als ob er nicht glauben könnte, dass sie da ist, nachdem sie ihn beinahe hat gehen lassen.

Sie essen bei Freunden zu Abend, erzählen sich von ihrem Tag, lieben sich, wachen nachts auf, wecken den anderen, bekommen niemals genug. Alles ist schön, so schön und harmonisch, und doch kann sie nicht daran glauben ...

In ihrem tiefsten Innern stirbt sie vor Angst.

Sie ist nicht mehr wirklich sie selbst, sie ist ein Schatten ihrer selbst. Sie traut sich nichts mehr zu sagen, aus Angst ihn zu verärgern, aus Angst, er könnte wegen einer Nichtigkeit seine Meinung ändern, sich entschließen in sein anderes Leben zurückzukehren. Sie ist perfekt, denkt sich den ganzen Tag Verrücktheiten aus, um ihm das Leben zu verschönern. Sie liebt ihn wie wahnsinnig. Sie hört zwanzig Mal, hundert Mal am Tag, dass er sie liebt. Aber nichts zu machen: Sie zittert, hat weiterhin Alpträume. Morgens wacht sie mit Augenringen auf, sagt nichts, hält sich zurück. Ihn nur nicht mit ihrer Angst belasten. Er spürt es, versucht sie zu beruhigen. Sie macht sich Vorwürfe, panisch zu sein, während er doch schon so viel im Kopf hat, seine Eltern, die Abwesenheit seiner Tochter, die Zukunft, der Verkauf der Wohnung. Aber da ist nichts zu machen: Sie ist wunschlos glücklich und starr vor Angst.

Seine Frau soll in der nächsten Woche wiederkommen, um die Papiere für die Scheidung und den Wohnungsverkauf zu unterzeichnen. Sie kommt mit ihrer Tochter, er wird sie endlich wiedersehen, sie endlich wieder in die Arme schließen können.
Sie wird nicht da sein. Sie muss für eine Reportage nach Lyon, sie will nicht weg. Sie hat Angst, nicht da zu sein, sollten ihn Zweifel überkommen, sollte sein Herz beim Anblick des Kindes ins Wanken geraten. Er sagt, dass es so besser sei, dass er Zeit mit seiner Tochter verbringen könne, dass es unnötig sei, dass sie ins Zentrum der Krise, des Streits, der Abrechnung gerate. Er sagt, dass er sie liebt, auf immer und ewig.

Am Tag vor ihrer Abreise schreibt sie:
»Du fehlst mir jetzt schon.
Ich werfe mir meine Angst selbst vor. Ich werfe mir vor, zu weinen, obwohl ich dich doch, sobald ich die Augen aufschlage, einfach glücklich machen will.

Ich werfe mir vor, an mich zu denken, obwohl ich weiß, dass es für dich viel schwieriger ist.

Ich werfe mir vor einzubrechen, obwohl am Ende des Tunnels Licht scheint, direkt vor uns, gar nicht weit weg.

Ich tue, was ich kann, doch ich kann nicht viel machen, schon beim Aufstehen frisst mich die Angst auf, und sie hat mich bis zum Schlafengehen fest im Griff. Die Angst. Das wird vorbeigehen … Doch es wird wohl ein wenig Zeit brauchen.

Ich weiß, dass du mich liebst.

Ich weiß, dass wir schrecklich gut zusammenpassen.

Ich habe es immer gewusst.

Und ich weiß vor allem, dass das erst der Anfang ist.

Ich muss mich nur endlich an den Gedanken gewöhnen, dass du nicht wieder verschwinden wirst, als wärst du nie da gewesen. Nicht noch einmal. Ich muss daran glauben, um nicht mehr zu zittern.

Und ja, ihre Rückkehr macht mir Angst. Es ist egoistisch.

Ich werfe mir vor, dass ich kein Vertrauen in uns habe, dass ich an dieser Intensität zweifle, an dieser Verbindung zwischen dir und mir, gegen die niemand etwas ausrichten kann.

Ich verspreche dir, gelassener zu werden, wieder ich selbst zu werden, nicht mehr wie eine Frau umherzugeistern, die nur noch auf ihr Todesurteil wartet. Einen erneuten Abschied.

Ich weiß, mein Liebster, dass wir das Schlimmste hinter uns haben. Warte auf mich, ich bin bald zurück.

Ich schicke dir unendlich viele Küsse

(Übrigens habe ich die Paillettenjacke von Karl Lagerfeld, nach der ganz Paris sucht, bei H&M in meiner Größe gefunden und gekauft, weil ganz Paris nach ihr sucht. Estelle ist ganz aus dem Häuschen, weil sie wie ganz Paris danach sucht, und ich

das Glück hatte, sie zu finden... und nun glaube ich, dass sie mir nicht gefällt und dass ich sie nur gekauft habe, weil ganz Paris hinter ihr her ist und sie ergattern will – und ich sie zurückbringen werde... Du siehst, ich bin wirklich lächerlich. Aber ich bin mir dessen zumindest bewusst.)«

41.

Sie ist vor ein paar Stunden gefahren.

Sie erreicht ihn nicht, hinterlässt Nachrichten, er ruft sie kurz aus der Eingangshalle des Gebäudes zurück, sagt, dass alles in Ordnung sei, dass er die Woche zuhause sein werde, um die Zeit mit seiner Tochter so weit es geht, auszukosten, bevor sie wieder abreise. Sie fragt ihn, wo er übernachtet, wo seine Frau übernachtet. Er schlafe im Gästezimmer, seine Frau in ihrem Schlafzimmer. Er erklärt ihr, dass sie miteinander sprechen, stundenlang, um die konkreten Details ihrer Scheidung zu regeln, dass es nicht allzu schlecht liefe, auch wenn es zu Ausbrüchen und Tränen komme.

Er versucht ein letztes Mal, seine Frau zu überreden, nicht zu gehen, in Frankreich zu bleiben, hier eine Stelle zu suchen, um ihrer Tochter nicht den Vater vorzuenthalten. Sie will davon nichts hören. Nicht sie habe schließlich entschieden, ihr Leben in die Tonne zu treten, sie sei nicht verantwortlich, sie sei das Opfer. Es komme nicht in Frage, dass sie ihr Leben aufgebe, während er entscheide, mit einer anderen zusammenzuleben. Er habe seine Wahl getroffen, nun müsse er auch die Konsequenzen tragen.

Die verlassene Ehefrau hat noch nicht jede Hoffnung aufgegeben, ihren Mann vielleicht doch noch zurückzuerobern. Anfangs hatte sie vorgehabt, allein zu kommen. Doch schließlich kam sie mit ihrer Tochter, ihrer Trumpfkarte, der einzigen Chance, ihre Ehe zu retten. Sie hat alles auf dieses Wiedersehen gesetzt, sie weiß, es gilt: jetzt oder nie. Also jetzt.

Sie wird nie erfahren, ob sie schon am ersten Tag beschlossen haben, ihr gemeinsames Leben wiederaufzunehmen, oder ob er eine Zeitlang widerstanden hat, bevor er kleinbeigab. Letztendlich spielt es keine Rolle, ob es 24 oder 72 Stunden waren... In beiden Fällen gilt, dass nur sehr wenig Zeit vonnöten war, um unzählige Versprechen zu brechen. Von ihren Träumen, ihrer Zukunft, ihrer Geschichte, von all dem war nach wenigen Tagen nichts mehr übrig.

Sie weiß es noch nicht.
In einem letzten Anflug von Güte will er warten, bis sie zurück in Paris ist, um ihr zu verkünden, dass er nun doch abhaut, sie erneut sitzen lässt... Aber seine Frau entscheidet anders. Kein Mitleid für ihre Rivalin, sie will den Sieg. Es ist ihr egal, dass die andere allein in Lyon ist, in einem Hotelzimmer, weit weg von ihrem Zuhause und ihren Freunden, es ist ihr egal, dass sie leidet, sie will sie niedermachen, sie zerstören. Das, oder sie reise mit dem ersten Flug nach New York zurück. Sie kommt durch mit ihrer finalen Erpressung.

An ihrem letzten Abend in Lyon sitzt die Rivalin mit einer Jugendfreundin im Restaurant. Am nächsten Tag soll es endlich nach Paris zurückgehen. Seit Anfang der Woche fühlt sie sich so verletzlich, weit weg von ihm, weit weg von ihrem Zuhause, von ihren Freunden und ihrem Leben. Sie hat nicht viel geschlafen, nachts holt sie die Angst ein, sie fühlt sich ohne ihn allein und unendlich hilflos.

Aber an diesem Abend ist sie erleichtert, die Woche ist zu Ende. Morgen wird sie ihn wiedersehen.
Ihr Handy klingelt. Sie zögert. Sie und ihre Freundin haben sich seit Monaten nicht gesehen, sie feiern ihr Wiedersehen mit einer Flasche Beaujolais Nouveau in einem kleinen Lyonaiser Lokal, sie will den Abend genießen. Sie zögert: zurückrufen oder abheben. Sie hebt ab. Sie hört ihn zwischen zwei Schluchzern murmeln, dass es vorbei ist. Er legt auf.
Er wird die ganze Nacht nicht mehr rangehen.

Sie verbringt eine schlaflose Nacht.
Immer wieder ruft sie abwechselnd auf seinem Handy und auf dem Festnetz an, auf dem einen, auf dem anderen, auf dem einen, auf dem anderen, ohne sich kontrollieren zu können. Am Ende der Leitung hebt niemand ab. Das macht sie verrückt. Sie haben ihr den Rest gegeben und dann ihre Telefone abgeschaltet, um friedlich schlafen zu können.
Am nächsten Tag bringt sie mehr schlecht als recht die letzten, endlosen Stunden Arbeit hinter sich. Sie stürzt ihn ein Taxi, fährt zum Bahnhof. Lyon-Part-Dieu/Gare-de-Lyon. Zwei Stunden. Zwei Stunden Bahnfahrt, in denen sie immer wieder versucht, ihn zu erreichen. Sie hat seit vierundzwanzig Stunden nichts mehr hinunterbekommen, ihr ist schlecht, sie glaubt, sich übergeben zu müssen,

sie weint auf den Stufen des TGV sitzend, ruft ihre Freundinnen an, ruft wieder ihn an. Mailbox.

Sie schickt eine SMS:
»*Treffen 21 Uhr am Gare-du-Nord. Wenn du nicht auftauchst, komme ich zu dir.*«
Er weiß, dass sie dazu fähig ist.

Um 21 Uhr wartet sie in zweiter Reihe. Er steigt wortlos in den Smart. Er hat nicht einmal den Mumm, sie anzusehen. Sie hat sich geschminkt, versucht eine gute Figur zu machen, möchte Schreie, Tränen vermeiden, ein wenig ihrer Würde bewahren, trotz dieser Geschichte, die sie noch vollkommen zerstören wird.

Sie fahren zu einer Bar am Montmartre, sie parkt das Auto, keiner von beiden will Leute um sich haben, also bleiben sie im Wagen sitzen, in dem sie so schöne und auch zuvor schon schreckliche Momente verbracht haben. Nun einen mehr. Er weint. Sie hat ihn seit Beginn ihrer Geschichte schon so oft weinen sehen, dass sie nicht mehr sagen kann, ob es sie noch berührt. Sie fragt sich, warum er, warum sie das seinetwillen alles erträgt, warum sie immer noch versuchen will, ihre Geschichte zu einem guten Ende zu führen. Was ist so besonders an ihm, dass sie das erträgt? Sie weiß es nicht. Es ist einfach so.

Zwischen zwei Hicksern tischt er ihr das altbekannte Geschwätz auf. Wenn sie in scherzhafter Laune wäre, könnte sie es an seiner statt herunterleiern. Er kann ohne seine Tochter nicht leben. Er hatte es geglaubt. Aber nein.

Da sitzen sie, im Auto an der Rue des Abbesses, seit einer, vielleicht zwei Stunden. Andauernd klingelt sein Handy, sicher seine Frau, die sich Sorgen macht, die Angst hat, dass ihr Mann zum tausendsten Mal die Seiten wechselt. Es grenzt ans Lächerliche. Sie fordert ihn auf auszusteigen, teilt ihm mit, dass es dieses Mal wirklich aus ist, dass sie genug hat, sie weint nicht, sie ist grausam, fast vulgär. Sie hat die Schnauze gestrichen voll von seinen Ausflüchten, von seinen Umschwüngen, seinen Zweifeln, seinen Zusammenbrüchen. Sie will nur, dass er aus diesem verdammten Wagen steigt und aus ihrem Leben verschwindet. Dieses Mal ist es genug. Sie meint es ernst. Er gerät in Panik.

Er wirft sich auf sie, sagt, dass er nicht ohne sie leben könne, dass sie die Frau seines Lebens sei, dass er nicht wisse, was in ihn gefahren sei, dass es vorbei sei, dass sie jetzt nach Hause fahren würden… Sie starrt ihn ungläubig an. Wie soll sie ihm noch einmal vertrauen können? Und wie dieser erneuten Einladung zum Glück widerstehen…

Sie fordert ihn auf, seinen Ehering abzulegen, als Beweis für das zigste Versprechen auf einen Neubeginn. Sie schiebt den Goldring in die Tasche ihrer Jeans, denkt, dass sie zumindest das erreicht hat, küsst ihn, fährt los. Sie fahren nach Hause.

Er ruft seine Frau an, um ihr mitzuteilen, dass er nicht nach Hause kommt. Am Ende der Leitung hört sie Tränen, Schreie, ein Fenster, das zerbricht, Hysterie, Drohungen, Erpressungen. Er hält stand.

Ein paar Minuten später ruft seine Mutter an. Sie habe mit ihrer Schwiegertochter gesprochen, sie verstehe nicht, was los sei, sie habe geglaubt, dass alles wieder in Ordnung sei, dass er vor nicht einmal drei Tagen entschieden habe, seine Ehe zu retten. Sie fordert ihn auf, zu seiner Frau und seiner Tochter zurückzugehen, da sei sein Platz, als guter Vater und guter Ehemann. Er hält stand.

Am nächsten Tag geht er, um ein paar Stunden auf seine Tochter aufzupassen, bevor sie ans andere Ende des Atlantiks zurückfliegt. Er verspricht, am späten Nachmittag zurückzukommen, sagt ihr noch einmal, dass er sie liebt.

Er wird nie wiederkommen.

Es ist Ende November.

42.

Es ist eine Woche her, dass er gegangen ist.
Sie glaubte, zu sterben. An Liebe zu sterben.

Zwei Tage lang glaubte sie, dass es möglich ist. Sie blieb im Bett. Schrie. Brüllte sich die Lunge aus dem Leib. Stieß mit dem Kopf gegen die Wand, neben dem Bett ein rotes Küchenhandtuch voller Tränen- und Rotzflecken. Sie wusste nicht, dass der Mensch ein Tier ist. Nun fand sie es heraus. Sie brüllte, dass ihr fast das Herz stehen blieb. Brüllte wie ein verletztes Tier, das den herannahenden Tod spürt. Unmenschliche Schreie. Sie übergab sich. Warf seinen Ehering ins Klo. Bevor sie sich erneut übergab. Heulen, kotzen, heulen, kotzen. Ausspucken, um Luft ringen, brüllen, weinen. Bis es ihr die Sprache verschlug, bis sie nichts mehr zu sagen hatte. Bis sie nicht mehr atmen konnte. Bis sie nicht mehr wusste, wozu überhaupt atmen.

Zum ersten Mal im Leben wollte sie niemanden sehen.

Sie versuchte sich das Leben ohne ihn vorzustellen. Ohne seinen Geruch. Ohne seinen Körper. Ohne seine Stimme. Ohne sein Lächeln. Ohne seine Gegenwart. Er hatte gewählt.

Sie sah ihn überall. Unter der Dusche, unter der Decke, die Tür öffnen, sich anziehen. Vierzig Quadratmeter, angefüllt mit ihm.

Sie konnte sich das Unvorstellbare nicht vorstellen.

Sie hatte von einem Leben in seinen Armen geträumt, von einem Leben mit einem Kind von ihm, einem Leben für ihn.

Sie hatte vergessen, dass nie etwas sicher war, dass nie etwas feststand. Dass er so schnell wieder verschwinden konnte, wie er aufgetaucht war. Sie hatte geglaubt, dass sie stärker wären als alles, dass ihre Liebe stärker war als alles andere. Sie hatte sich geirrt, war nicht vorsichtig gewesen, hatte sich nicht geschützt. Sie fühlte den Tod.

Sie musste lernen zu akzeptieren, dass seine Liebe für sie nicht stark genug war. Akzeptieren, dass er sich sein Leben ohne sie vorstellen konnte. Akzeptieren, dass er beschließen konnte, ohne sie zu leben. Akzeptieren, dass er sie nicht genug liebte.

Also glaubte sie, sterben zu müssen.

Sie stirbt nicht. Sie atmet weiter. Sie fängt wieder an zu sprechen. Sie kann sich nicht mehr übergeben. Sie weint immer noch. Aber seltener. Sie hat begriffen, dass sie nicht sterben wird. An Liebe stirbst du nicht.

Ein paar Tage später empfängt sie:

»Du entfernst dich, und doch ist da immer noch diese Sehnsucht nach dir, die anschwillt, endlos, die weder Grund noch Boden kennt.

Da ist diese unerschöpfliche, grenzenlose Leere, die mich quält…

Wenn du mich eines Tages nichts mehr liebst, schreib es mir, schwarz auf weiß, damit auch ich anfangen kann, dich zu vergessen...
Ich küsse dich tausend Mal.
O.«

Sie fängt an zu tippen...

Es ist der 4. Dezember.

43.

Sie schafft es nicht. Er auch nicht.

Und doch versuchen sie es abwechselnd mit aller Kraft. Sie haben Momente der Schwäche, nicht unbedingt zur gleichen Zeit. Das rettet sie eine Zeitlang. An einem Tag versucht sie, ihn zu erreichen, am nächsten Tag ist er es.

Sie wissen, dass sie nie Freunde sein werden, sie wissen, dass sie sich nie werden sehen können, ohne sich zu berühren, sich zu spüren, in den anderen einzudringen zu wollen. Sie träumen Nacht für Nacht davon, Tag für Tag, jeder für sich.

Sie empfängt:
»*Ich kann dich nicht sehen, ohne dich zu küssen.*

Ich kann dich nicht küssen, ohne dich in die Arme zu nehmen.

Ich kann dich nicht in die Arme nehmen, ohne deine Haut zu berühren.

Ich kann nicht deine Haut berühren, ohne dich auszuziehen.

Ich kann dich nicht ausziehen, ohne dich zu streicheln.

Ich kann dich nicht streicheln, ohne dich zu lecken.

Ich kann dich nicht lecken, ohne dich gleich danach zu nehmen.

Ich kann dich nicht nehmen, ohne zu hören, wie du kommst.

Ich kann nicht hören, wie du kommst, ohne in deinem Innern zu explodieren.

Ich kann nicht in deinem Innern explodieren und dann gehen.

Ich kann dich nicht sehen.«

Die Sehnsucht ist zu groß, ihr Begehren wird zur Obsession, die Leere unerträglich. Ständig denkt sie, dass sie ihm von ihrem Tag erzählen will, ihn nach seiner Meinung fragen will. Er denkt ständig, dass er wissen will, was sie gerade tut, was sie denkt, wissen, wo sie ist. Der andere fehlt jede Minute, jede Sekunde. Sie halten gerade so den Dezember durch, ein paar Tage Anfang Januar ... Dann geben sie nach.

Dieses Mal ist sie es. Sie will nur eines: dass er sofort zu ihr kommt, dass sie sich lieben, miteinander sprechen, sich anschauen, sie will ihn einfach nur spüren, seine Stimme hören. Es ist ihr egal, dass er verheiratet ist, es ist ihr egal, dass seine Frau nicht mehr verlassen wird. Sie will nur in seinen Armen sein. Sie will nur das Gleiche wie er. Sie spricht von quälender Lust, die sie nachts weckt. Er kennt das. Er wacht nachts auf, um sich neben seiner schlafenden Frau selbst zu berühren. Sie sagt, dass er ihr zu sehr fehlt. Er antwortet einfach nur, dass er kommt.

Sie lieben sich. Unterhalten sich. Stundenlang. Sie bringt ihn zum Lachen, sie hat ihn immer schon zum Lachen gebracht mit ihren Geschichten. Es kommt ihm so vor, als erzählte sie ihm zwölf Folgen von »Sex and the City«, nur für ihn. Er liebt ihre übersprudelnde Art. Sie findet seine Stimme, seine Haut, seine Augen wieder. Er kann sich nicht an ihr sattsehen, als hätte er vergessen, wie schön er sie findet. Er liebt sie beinah brutal, wie um sich zu rächen, weil er es so lange nicht konnte, als ob er sein Territorium markierte, dass immer noch ihm allein gehört. Es tut beiden einfach nur gut. Sie weiß einfach, dass sie nicht leben kann, wenn er nicht da ist.

Sie nehmen ihr Doppelleben wieder auf... Doch nicht für lange.

Sie haben den Nachmittag im Bett verbracht, um die gemeinsame Zeit zu genießen, abgeschnitten von der Welt, wie um zu vergessen, dass sie existiert. Es ist nach 22 Uhr, als sie ihn nach Hause fährt, seine Frau hat bereits dutzende Male angerufen. Er ist nicht rangegangen. Er sitzt neben ihr im Smart, seine linke Hand unter ihren rechten Schenkel geschoben. Er wolle nicht nach Hause, er wolle bei ihr bleiben, und doch. Sie hat nur genug davon, ihn weinen zu sehen.

Sie setzt ihn ab, fährt leichten Herzens weiter zum Geburtstag von einem der Mädels. Sie trifft mit zwei Stunden Verspätung im Restaurant ein, wo ein riesiges Kaminfeuer brennt und alle glücklich wirken, hier zu sein, sie atmet tief durch, verteilt Küsschen auf bekannten Wangen... und dann unbekannten.

Er ist groß, dunkelhaarig, attraktiv. Er ist Schauspieler. Sie schauen sich an, beobachten sich, tanzen. Am Ende der Nacht kommt er mit zu ihr. Und wird für fast einen Monat bleiben.

Am nächsten Tag soll sie eigentlich ihre kurz zuvor wiedergefundene Liebe treffen. Er ruft dutzende Male an. Sie geht nicht ran, schickt ihm nur eine SMS, um ihm mitzuteilen, dass sie ihn nicht sehen kann. Sie sei nicht allein. Er stellt sie sich in den Armen eines anderen vor, er stellt sich vor, wie sie mit jemand anderem schläft, sie, die am Tag zuvor noch mit ihm geschlafen hat. Den ganzen Samstag, den ganzen Sonntag lang wird er vor Eifersucht vergehen. Er vergeht, sie lebt auf.

Am Montagmorgen setzt sie den Schauspieler am Theater ab, fährt gleich weiter zu ihrer wiedergefundenen Liebe, die nicht weit weg, an der Porte Maillot wartet. Sie gehen zu ihr, in den Laken hängt noch der Geruch des anderen. Es ist ihm egal, er will nur spüren, dass sie ihm gehört und keinem anderen, er hatte solche Angst, sie zu verlieren in diesen zwei Tagen, er ist bereit, ihr alles zu verzeihen. Sie lieben sich, ein letztes Mal.

Kurz nachdem sie gekommen ist, sagt sie zu ihm, dass es dieses Mal vorbei ist. Sie verlässt ihn, unverhofft hat sich eine Tür geöffnet und sie stürzt darauf zu.

Die Sache geht einen Monat lang. Keine Liebesgeschichte, aber eine voller Vergnügen, Zärtlichkeit, Verständnis. Aber keine Liebe. Ein Monat, in dem sie weiterhin Nachrichten von dem einzigen Mann erhält, den sie wirklich liebt und von dem sie sich zu lösen versucht. Er reist nach Tokio, fünfzehn Tage Geschäftsreise. Eine Zeitlang ist davon die Rede, dass sie ihn begleitet. Sie schafft es, zu widerstehen.

Sie bleibt bei ihrem Schauspieler. Dort ist es an ihm, sich zu rächen. An einem Abend betrügt er sie mit einer Kollegin. Es ist das Erste, was er ihr erzählt, als er zurückkommt. Nur, um ihr wehzutun. Ihr tut alles weh.

Einen Monat lang Qualen, alles umsonst.

Sie verzeiht ihm die Untreue für eine Nacht am anderen Ende der Welt. Er verzeiht ihr die Affäre mit dem Schauspieler. Sie lieben sich.

Alles kann weitergehen wie bisher. Bald ist es ein Jahr her, seit sie sich zum ersten Mal geküsst haben.

Es ist Anfang Februar.

44.

Sie ist bei ihrer besten Freundin. Sie kommt aus der Toilette, in der Hand ein weißes Plastikstäbchen. Sie weiß nicht, ob sie lachen oder weinen soll. Sie greift nach ihrem Handy.

Sie sendet:
»*Es gibt Geschichten, an deren Anfang man sich das Ende einfach nicht vorstellen kann.*
Ich bin schwanger.«

Es ist der 27. April.

45.

Es ist bereits fast neun Uhr morgens. Er klopft an die Tür. Sie öffnet. Er küsst sie schüchtern, beinahe, als wären sie sich bereits fremd. Sie wissen, dass von diesem Tag an nichts mehr so sein wird wie zuvor.

Sie schaut ihn an, lächelt, versucht, so zu tun, als wäre nichts. Sie hat ihm diese Tür weit geöffnet, halbnackt, halbwach, ein verführerisches Lächeln auf den Lippen ...

Sie zieht sich fertig an, schminkt sich, legt rosa Lippenstift auf. Er lässt sie nicht aus den Augen. Sie wartet auf ein Wort, ein einziges, ein Zeichen, nichts.

Sie steigt in ihr Auto, er schiebt seine linke Hand unter ihren rechten Oberschenkel, es gibt Gewohnheiten, die ändern sich nicht, sie fährt beim Labor vorbei, um das Ergebnis ihrer Blutanalyse abzuholen und ihren Blutgruppenausweis. Sie weiß, dass das im Notfall nützlich sein kann.

Sie hat Hunger.

Ihr ist vor allem nach Rauchen. Von morgens bis abends ist ihr übel, als wollte es sie, bevor es geht, daran erinnern, dass es da ist, in ihrem Bauch, von morgens bis abends. Sie will rauchen, trotz der Übelkeit, trotz der zitternden Hände, auch wenn ihr nach Weinen zumute ist, auch wenn ihr danach ist zu brüllen, sie will einen Kaffee, um rauchen zu können, ohne sich zu übergeben. Er will alles, was sie will, alles, was ihr eine Freude machen könnte, alles, was sie vom Weinen abhält. Außer es behalten. Aber einen Kaffee, ja, das geht.

Sie reden über nichts Bestimmtes, über den neuesten Klatsch, die jüngsten Erlebnisse ihrer Freundinnen, er verschlingt sie mit den Augen, als liebte er sie noch wie am ersten Tag. Aber wenn er sie noch lieben würde wie am ersten Tag, wären sie nicht in dieser Lage.

Es ist fast Mittag. Sie steigen wieder ins Auto, er nimmt den Stadtplan, sucht die Rue Nicolo, leitet sie. Sie findet es dermaßen makaber, dass er sie zu dieser Klinik begleitet, zu der sie nicht will, um das Kind abzutreiben, das er nicht will. Die Erste rechts, falsch, sie drehen um, sie fühlt ganz langsam den Punkt herannahen, da es kein Zurück mehr gibt, kämpft mit den Tränen, beißt sich auf die Lippen.

Sie parken den Wagen, treten in den Eingangsbereich der Klinik.

»Guten Tag, sie ist hier für einen medikamentösen Abbruch.« Einmal, zweimal, sie finden den Rechnungscode nicht, ihre Versichertenkarte funktioniert nicht, die Sekretärin ruft: »Gigi, was ist nochmal der Rechnungscode für den medikamentösen Abbruch? Ja, nee, der funktioniert nicht...«

Sie hört nicht mehr zu, will nichts hören, sie will sich nur übergeben, immer weiter weinen. Alles ist ihr zuwider, die verdammte Empfangssekretärin, die ihre Codes nicht kennt, er, der sich nicht mehr traut, sie anzusehen, die Welt, die ihr erklärt hat, dass es vernünftig sei, das Kind nicht zu behalten, sie selbst, die eingewilligt hat.

Sie müssen zu Frau Dr. M im Zweiten. Gynäkologie.

Sie weint. Er schaut sie immer noch nicht an. Er hat nur Angst vor einem: dass sie umdreht, dass sie das Kind behält, das er nicht will, das Kind, das sein wieder halbwegs geordnetes Familienleben zerstören würde.

Die Tür des Fahrstuhls öffnet sich.
Links geht es zum Kreißsaal, rechts zur Neugeborenenstation. Sie fragt sich, ob das Absicht ist. Sie weint noch immer.
Die Hebamme kommt, reicht ihr ein Glas Wasser. Bittet sie, ihr ins Büro zu folgen. Ein Tisch, zwei Stühle, kein Fenster. Nichts. Er nimmt neben ihr Platz. Berührt sie nicht, versucht nicht einmal, sie zu beruhigen. Sie kann nicht aufhören zu weinen. Sie wird daran zugrunde gehen. Sie fragt sich, was sie hier zu suchen hat.
Die Krankenschwester reicht ihr die Einverständniserklärung. Sie unterschreibt. Der Datumsstempel. Der 6. Mai. Das Blatt Papier beweist, dass sie abtreiben wollte. Er muss nichts unterschreiben. Und doch ist er derjenige, der entschieden hat, das Baby loszuwerden, nicht so sehr sie, aber gut, so ist es eben, es braucht nur eine Unterschrift und einen Stempel.

Sie weint immer noch. Er schaut sie immer noch nicht an.

Die Hebamme erklärt ihr die Prozedur. Sie wird diese drei Tabletten einnehmen. Sie werden den Fötus vom Uterus lösen. In achtundvierzig Stunden muss sie wiederkommen und drei weitere Tabletten nehmen, um den Fötus auszuscheiden. Am Ende sagt sie noch, sie solle nicht weinen, na los, schlucken Sie die Tabletten und dann reden wir nicht mehr darüber, hm?

Sie schluckt sie. Er schaut zu, wie sie schluckt. Sie wird ihn nie wieder wirklich ansehen können.

Sie fahren zu ihr. Er lässt sie nicht los, bleibt nah bei ihr, als wolle er, dass sie ihm eine Absolution erteilt. Soll es ihn doch innerlich zerfressen. Doch sie hat Lust auf ihn, und er hat offensichtlich Lust auf sie. Als wäre es das Einzige, was ihnen noch bleibt, dieses nagende, alles verschlingende Begehren, die Lust darauf, dass er sie nimmt, in sie eindringt, bis sie nichts anderes mehr fühlt, an nichts anderes mehr denkt, als an dieses Geschlecht, das sie blockiert, sie flutet.

Es ist ein finsterer Tag, doch die unerträgliche Lust, sich zu lieben, ist immer noch da.

Sie lieben sich mit der Macht der Verzweiflung. Sie will ihn ein letztes Mal zum Höhepunkt bringen, weil es das Einzige ist, was ihr bleibt. Sie können nicht mehr reden, sich nicht mehr verstehen, sich nicht mehr verzeihen, ihnen bleibt nur diese unerklärliche Anziehung, die nie verschwinden wird. Was auch immer geschieht, was auch immer kommen mag, abseits des Verständlichen und Hörbaren.

Er sagt, sie sei verrückt, sie seien verrückt, nicht normal, sie hätten nicht das Recht, heute Lust auf Sex zu haben. Sie antwortet, dass es ihr egal sei, was normal sei oder nicht, dass er ihr auf die Nerven gehe mit seinen Anstandsvorstellungen, die sie einmauern. Sie spürt die Lust der Verzweiflung. Sie hat Lust, ihn zu hassen.

Am Abend bleibt sie zuhause. Schaut eine Reality-Show im Fernsehen, um nicht nachdenken zu müssen. Schläft erschöpft ein. Sie ist so müde, seit sie schwanger ist. Aber es verändert sich bereits. Zum ersten Mal seit Langem ist ihr nicht übel. Sie weiß, dass es immer noch da ist, in ihrem Bauch. Aber sie spürt, dass es dabei ist, sie zu verlassen.

Am nächsten Tag unternimmt sie nicht viel. Sie wollte mit den Mädels essen gehen, doch am späten Nachmittag fängt sie an, zu bluten. Sie spürt, wie es aus ihr herausfließt. Ihr Baby ist dabei, sich von ihr zu lösen. Er verbringt den Abend bei seiner Frau, sie spürt es aus sich herausfließen. Was sie gehofft hat, passiert: Sie fängt an, ihn zu hassen.

Er ist spät dran. Er sollte um neun Uhr da sein. Es ist 9:30 Uhr. Er ist immer noch nicht da. Er geht nicht an sein Handy. Sie hasst ihn noch ein bisschen mehr.

Dieses Mal wartet er unten an der Ampel auf sie. Sie steigt ins Auto. Er küsst sie nicht. Es ist vorbei. Sie stehen vor der Wand. Er wird nie gehen.

Auf dem Weg schweigen sie. Er fragt sie nur, ob es ihr gut gehe. Sie antwortet nicht. Wozu auch. Es gibt nichts zu sagen. Sie hat das Gefühl, das schon so oft gedacht zu haben. Und doch, dieses Mal gibt es wirklich nichts mehr zu sagen.

Er sucht einen Parkplatz, sie drückt lächelnd die Tür zur Klinik auf. Dieses Mal kennt sie den Weg, die Formulare sind bereits ausgefüllt. Sie muss nur in den Zweiten, drei Tabletten schlucken und warten. Der Fötus hat sich abgelöst. Er muss nur noch ausgeschieden werden. Die Gynäkologin hat sie vorgewarnt, dass es schmerzhaft sein kann. Sie scherzt darüber mit der Krankenschwester, härtet sich ab. Sie hat sich geschworen, nicht zu weinen. Sie ist sich nicht sicher, ob sie es schaffen wird.

Sie bezieht das Zimmer, in dem sie vier Stunden warten wird. Sie hört zu, wie ihr die Schwester erklärt, dass sie, wenn sie das Bedürfnis habe, nur in eine Plastikwanne urinieren solle, damit sie kontrollieren könne, ob der Fötus gleichzeitig dabei ausgeschieden wurde. Sie tut so, als würde sie zuhören, sie hört nicht mehr zu, will nichts mehr hören. Sie streckt die Hand aus. Die Schwester gibt ihr vier Tabletten. »Die beiden ersten schlucken sie, die beiden anderen führen Sie in Ihre Vagina ein.«

Sie bricht sie entzwei, um sie einfacher einführen zu können. Denkt, dass ihre schönste Liebesgeschichte gerade an einem Frühlingssonntag in einem Klinikzimmer endet.

Die ersten Schmerzen. Schleichend, langsam werden sie größer, dehnen sich in ihrem Bauch aus, ihrem Körper, ihrem Kopf. Krämpfe. Stechend, heftig. Fast zwei Stunden lang wird sie gekrümmt bleiben, zunächst sitzend, wie es ihr gesagt wurde, dann liegend, weil die Schmerzen zu stark sind, und sie es nicht mehr aushält.

Sie wartet seit zwei Stunden, er nimmt sie in den Arm, küsst sie, er, der das gewollt hat, der sie dazu gedrängt hat, es zu tun, sie vergräbt ihr Gesicht an seinem Hals.

Sie ruft die Schwester, bittet sie um ein Schmerzmittel, irgendetwas, egal was, nur um nicht mehr zu leiden. Sie antwortet, dass sie nicht viel tun könne. »Was haben Sie denn geglaubt, dass das einfach vorbeigeht, als wäre nichts? Tja, es ist eben doch etwas, nicht? Sie treiben gerade ab, das tut eben weh...«

Sie bleibt mit ihren quälenden Krämpfen allein zurück. Ihre Gynäkologin ruft sie an, fordert sie auf, aufzustehen, zu laufen, die Treppe der Klinik hoch- und runterzugehen, um den verdammten Fötus, der sich an sie klammert, abzuschütteln. Sie steht auf, krümmt sich, wird von einem heftigeren Krampf als die vorherigen erfasst, stürzt zur Toilette, hat keine Zeit, um nach der Plastikwanne zu greifen, spürt, wie ihr Körper sich öffnet, wie etwas herausgleitet, sie schaut in die Toilettenschüssel, wo mitten im Blut ein klebriger Haufen zu erkennen ist.

Sie hätte nie gedacht, dass es schon so groß ist. Sie fängt an, zu brüllen. Er ist auf der anderen Seite der Wand. Er legt den Kopf zwischen die Hände. Er vergießt nicht eine Träne. Sie ist nicht mehr schwanger. Er hat gewonnen.

Es ist der 8. Mai.

46.

Ein paar Stunden später setzt er sie zuhause ab.
Sie bittet ihn, eine Weile bei ihr zu bleiben, nur bis sie sich besser fühlt.
Er bleibt nicht.
Sie haben sich nie wiedergesehen.

Dank

Ich danke meinem Sohn dafür,
das größte Glück meines Lebens zu sein.

Ich danke meiner Mutter dafür,
dass ich bin, wie ich bin.

Ich danke Sophie dafür,
dass sie an mich geglaubt hat.

Und ich danke ihm,
weil er mir gezeigt hat,
dass es nichts Schöneres gibt, als zu lieben,
wie verrückt, mit aller Leidenschaft.